**Leïla Abouzeïd**

# Eine Verstoßene geht ihren Weg

LEÏLA ABOUZEÏD

# EINE VERSTOßENE GEHT IHREN WEG

ROMAN

aus dem Arabischen
von
Imke Ahlf-Wien

VERLAG DONATA KINZELBACH
MAINZ

Originaltitel: 'Âm al-Fîl
für die deutsche Ausgabe:

Stolze-Schrey-Str. 3
D-55124 Mainz
Tel. 06131-45662, Fax 06131-41088

kinzelbach@aol.com
http://www.kinzelbach-verlag.de



Umschlagfoto:
privat

ISBN 3-927069-79-5

Druck:
Steinmeier, Nördlingen

Dieses Buch widme ich allen, die um Marokkos willen ihr Leben in Gefahr brachten: Frauen und Männer, die weder Lohn noch Dank verlangten.

## 1

Kraftlos und bar jeder Hoffnung kehrte ich in meinen Heimatort zurück. Gestern war ich zerrissen vor Angst, heute bedrängt mich die Sorge noch mehr. Ich wollte Gewissheit, doch als ich sie fand, trieb sie mich ins Nichts. Gestern liegt weit zurück, und das Leben ist noch nicht zu Ende. Vierzig Jahre lassen mich voller Bitterkeit zurück. Ich sage vierzig, aber es mögen mehr sein; ich fühle mich wie hundert. Jahrelang war ich mit einem Mann verheiratet, in dem ich mich täuschte und den ich erst seit gestern wirklich kenne. Jetzt bin ich wieder zuhause, eine Fremde unter Fremden. Ich verließ diesen Ort, als ich noch keine zwanzig war, und bin seit dem Tod meiner Mutter nicht mehr hier gewesen. Für wen und warum kehre ich jetzt zurück?
Wie ein offizielles Dokument war der Ort in meinem Geist vergraben, vergessen bis zu dem Moment, da ich ihn brauchte. Ich hatte mich wie automatisch an ihn erinnert, als er sagte: „Ich werde dir deine Papiere zukommen lassen, mit dem, was das Gesetz vorsieht.“

Die Fahrgäste haben ihre Habseligkeiten verstaut und geben sich ihren freudlosen Gedanken hin. Was soll ich bloß tun? Ich habe von Häftlingen gehört, die nach ihrer Entlassung ins Gefängnis zurückkehren. Jetzt kann ich sie gut verstehen, nur kann ich nicht umkehren, was auch immer das Schicksal für mich bereithält. Ich empfinde weder Angst noch Rachegelüste, nur das vage Gefühl, dass etwas in meinem Innern ausgelöscht wurde und jetzt stillsteht. Dennoch schlafe und erwache ich weiterhin. Der Geist steht trennend zwischen dem Lebendigen und dem Toten. Hätte man mir doch die Wurzeln ausgerissen! Der Gedanke ist verlockend, aber mir fehlt der Wunsch zu sterben. Erstaunlich, wie sehr wir am Leben hängen!

Er hatte sich einfach hingesetzt und gesagt: „Ich werde dir deine Papiere zukommen lassen – mit dem, was das Gesetz vorsieht."

Meine Papiere? Wie wertlos ist eine Frau, wenn man sie mit einem Stück Papier wie eine Ware zurückschicken kann! Wie wertlos … Dieser Moment dauerte nur wenige Sekunden an, aber er zerstörte das gesamte Fundament meiner Existenz, raubte mir alles, worauf ich vertraut hatte. Ich starrte ihn an.

„Warum?"

„Es gibt keinen Grund."

Er holte die Autoschlüssel hervor und stahl sich davon. Ich muss ohnmächtig geworden sein, ohne es zu merken, denn auf einmal lag ich gekrümmt da, mein Kopf hing zur Seite, meine Arme waren von mir gestreckt wie die Arme einer Leiche.

Musste mir das Unglück in diesem schlimmen Moment zustoßen, da meine Angehörigen schon in ihren Gräbern auf dem städtischen Friedhof liegen? Was soll ich bloß tun?

Aus dem Busfenster betrachte ich den Sturm. Er fegt die nassen Bäume über die Straße und zerstört die Hütten. Er erinnert mich an die Flut vor sieben Jahren, die alles mitriss, was wir besaßen, und die unseren Ort verarmen ließ. Wassermassen und Sturm richteten eine solche Zerstörung an, dass wir ganze Städte hätten errichten können. Mein Herz blutete. Dieser Sturm schien mich vor etwas warnen zu wollen, dessen Bedeutung ich noch nicht ahnen konnte.

Die Fahrgäste verlassen den Bus und verschwinden durch die Stadttore. Nur das Geräusch des Windes ist noch zu hören. In dem alten verwaisten Café stehen die Stühle umgedreht auf den Tischen. Wie die Bewohner des Ortes kämpft es gegen Kälte und Armut, die sich gegen es verschworen zu haben scheinen.

Ich überquere den Platz und nehme den Geruch des Städtchens in mir auf, eine Mischung aus feuchter Erde und Tierdung. Diese Gerüche berauschten mich jedes Mal, wenn ich diesen Platz überquerte. Jetzt aber, da ich hinter der Stadtmauer die Rundfenster der zum Fluss gelegenen Zimmer sehe, empfinde ich nichts. Habe ich sogar meine eigene Identität verloren?

Seit der Überflutung ist das Flussbett tiefer, führt aber weniger Wasser, das ein tiefes Gurgeln vernehmen lässt. Der Ort und seine Gassen sind verlassen, von den Hauswänden blättert der Putz. Hier und da ein Laden: ein Kohlenhändler, ein Schneider, ein Gemischtwarenhändler mit fast leeren Regalen. Das Wasser sprudelt mit viel Getöse in ein Becken. Ich bin nervös. Die Geschäfte der Juden sind mit Schlössern und Balken verriegelt. Früher besaßen sie hier Schulen und Synagogen, sie verkauften Bier und betrieben magische Künste. Als sie fortzogen, ließ der Handel nach und die Preise sanken. Schiffe brachten sie fort aus Tanger. Die Stadt suchen sie fortan nur noch als Geister auf.

In meiner Erinnerung taucht eine Gestalt auf, eine mittelgroße, korpulente Frau, den Kopf mit einem herabhängenden Schal verhüllt, ein breites von Fransen umsäumtes Dreieck wie die Schärpe einer Flamencotänzerin. Sie ist etwa dreißig, fünfunddreißig Jahre alt. Ich sehe sie vor mir, diese jüdische Frau, wie sie an Rahmas Tür lehnt.

Wann immer ich unsere Gasse durchquerte, stand dort an Rahmas Tür eine der jüdischen Frauen. Zwischen ihnen herrschte ein unverbrüchliches Abkommen. Rahma sagte ihnen die Zukunft voraus, während die Frauen ihr kleine Geschenke machten, ihr die Hand küssten und sie beim Abschied segneten. Jetzt liegt ihr Laden verlassen da. Vielleicht hat sie sich in die Dunkelheit ihres Hauses zurückgezogen. Habe ich auch die anderen Bewohner unserer Gasse vergessen, an Rahma werde ich mich stets lebhaft erinnern.

Ich sah sie, seit ich die Augen geöffnet hatte. Ihre gewaltige Erscheinung übertraf jede Vorstellung und regte meine Fantasie an. Ein Wust leuchtend hennarot gefärbter Haare ergoss sich unter dem gelben Schal, an dessen Saum in allen Farben glänzende, seidige Fransen herabhingen. Sie hatte eine laute Stimme und konnte einen Gegner mit einem Nasenstüber außer Gefecht setzen. Sie verbrachte ihre Tage auf der Türschwelle, die Beine gegen die Kälte in eine Decke gewickelt. Keiner konnte die Gasse durchqueren, ohne ihr Neuigkeiten über Gott und die Welt zu erzählen, keine zwei konnten vorüber gehen, ohne dass sie sich in ihr Gespräch einmischte. Eine Frau wie sie gab es in dem Ort kein zweites Mal, ihr Ruf reichte von der Wüste bis zu den Bergen. Skandale, Schicksale und Geheimnisse waren in ihrem Gedächtnis bestens verankert. Erklärte sie jemandem den Krieg, traten die Frauen an die Türen und auf die Dächer, bis die Gasse voll war wie zu einem Mausim[1]. Außer Anspielungen auf ihre unbekannte Herkunft störte sie nichts. Wer war sie? Woher kam sie? Und wie war sie gekommen? Mein Leben lang war ich niemandem begegnet, der es wusste. Viele zogen fort, ohne das Geheimnis aufzudecken, das sie umgab und das sie mit ins Grab nehmen würde. Dieses Geheimnis bereitete den Boden für Spekulationen. Sie war eine Zauberin, „eine Spionin mit Vergangenheit". Doch Gott allein kennt die Wahrheit. Das Gerede verletzte sie. Sie stand mit vielen auf Kriegsfuß und lehnte jeden Waffenstillstand ab. Ihre Feinde aber bedachte sie mit bedeutungsschweren Spottliedern, die sie wie Speere aus der stets geöffneten Tür herausschleuderte.

Eingeschüchtert von den Älteren waren wir sicher, dass es in ihrem Haus eine Zaubertür gab, hinter der sie uns wegsperren würde, sollten wir zu frech sein. Hinter dieser Tür befanden sich Fässer und Krüge angefüllt mit Schätzen aus der Zeit Sa-

[1] Festtag zu Ehren eines Heiligen.

lomons, während ein Gang zu einer Höhle am Ortseingang und von dort zu dem schrecklichen unterirdischen Gefängnis von Meknès führte.

Einmal zankte sie sich mit meiner Mutter. Sie bewarfen einander mit Schimpfwörtern, als Rahma wie gewöhnlich vor ihrer Tür saß und mit ihrem massigen Körper den Eingang versperrte. Kurz darauf entführte sie meine kleine Schwester, die wir wie verrückt erst in unserer Gasse, dann im ganzen Ort suchten, während Rahma uns von ihrem Posten aus beobachtete und vielsagend ihren Stock auf den Boden stieß.

Diese seltsame Frau beflügelte meinen Geist so sehr, dass ich in sagenhafte Himmel zu fliegen meinte. Ich war geblendet und angezogen von ihr wie die Motten vom Licht. Schließlich beschloss ich, mich in ihr Königreich einzuschleichen und ihr Geheimnis aufzudecken: Ich freundete mich mit ihrer Tochter an. Ja, sie hatte eine Tochter, die jünger war als ich und von der sie behauptete, sie entstamme ihrem Leib. Aber wir glaubten ihr nicht. Sie trennte sich weder von ihr noch von ihrem Stock, und ging sie spazieren, stützte sie sich abwechselnd auf eines von beiden. Hier und da blieb sie stehen, um Luft zu holen, und lähmte damit die ganze Gasse.

Ich gab mir große Mühe, an ihre Tochter heranzukommen, und als Rahma mich einlud, mit ihr Himmel und Hölle zu spielen, war ich sofort bereit. Sie beobachtete uns, wie wir in unserer Gasse auf einem Fuß von Quadrat zu Quadrat sprangen. Doch Tage vergingen, bis unsere Freundschaft eng genug war, mich ins Haus zu bitten.

Die anderen Kinder starrten uns erstaunt nach, als wir das Haus betraten. Ich hatte furchtbare Angst vor dem Unbekannten. Wie jemand, der in einen Horrorfilm geht und genau weiß, was ihn erwartet, setzte ich angespannt einen Schritt vor den anderen. Auf einen Blick, schnell und genau, erfasste ich die Szenerie: da waren einige Fässer, ein paar verschlossene Türen und ein weitläufiger Hof, in dessen Mitte ein Feigenbaum wuchs. In seinem Baumstamm saßen einige Strohpüppchen auf kleinen Kissen.

Mehr als die Zauberpüppchen erregten jedoch die verschlossenen Türen meine Aufmerksamkeit. Hinter ihnen taten sich Dunkelheit und Stille auf, in denen sich Fässer voller Schätze befinden mussten. Von einer der Türen ging ein Laut aus, als würde Stroh zertreten. Sofort hatte ich ein menschenähnliches Wesen vor Augen, mit Hörnern, Schwanz und Hufen. Ich versuchte mir einzureden, dass sich in der Kammer ein gewöhnliches zahmes Tier befinde, eine Ziege etwa, aber dieser Gedanke erschien mir zu profan. Mein erster Gedanke war zudem so stark, dass ich bei diesem intensiven Bild blieb. Die kindliche Fähigkeit, sich etwas auszudenken, wird nur von der Fähigkeit übertroffen, diese Phantasien auch zu glauben.

Die anderen Kinder sagten: „Sie wird niemals wachsen! Solange ihre Mutter sich so sehr auf sie stützt, wird sie nie größer werden." Und ich glaubte ihnen. Als ich unseren Ort verließ und nach Casablanca zog, war sie jedoch jung, hübsch und blühend, und ihr Haar hing in üppigen schwarzen Flechten auf dem Rücken und machte sie noch schöner.

Als ich nach der Erlangung der Unabhängigkeit in Rabat lebte, ging ich in der *Leilat al-qadr*, der Nacht der Macht[1], spazieren und besuchte einige Gräber unserer Imame und Heiligen. Ich kam an Menschenmengen vorbei, in die sich Gruppen von Kindern mischten, die zum ersten Mal fasteten. Die Mädchen waren geschmückt und geschminkt wie in weißen Stoff gehüllte Holzpüppchen. Andere Kinder streunten durch die Cafés und boten ihre Dienste als Schuhputzer an. Wieder andere hatten sich vorübergehend in Händler verwandelt, die an den Eingängen zu den Gräbern Kerzen verkauften und die Besucher am Ärmel zupften, bis diese die Geduld verloren und sich einem anderen Besucher widmeten.

Unter einer langen Arkade bewegte sich die Menschenmenge wie ein Ameisenheer, darunter auch eine Gruppe von Bettlern, deren Klagen und Bitten deutlich zu hören waren. Erstaunt sah ich in ihrer Mitte auch Rahmas Tochter, einen Säugling im Arm. Sie ging gesenkten Kopfes, mit staubbedecktem Haar, die Arme waren bis aufs Äußerste abgemagert. Als sie den Kopf hob, begegneten sich auf einmal unsere Blicke. Entsetzen schüttelte mich. Die Menge riss mich schließlich mit sich fort, bis ich mich im Hof eines Heiligtums wiederfand. Doch die mageren Arme und der verlorene Blick verfolgten mich noch lange.

---

[1] Eine besondere Nacht im heiligen Fastenmonat Ramadan, die Nacht, in der Muhammad seine erste Offenbarung empfing.

Was war ihr zugestoßen? Heutzutage gerieten Frauen in Notlagen jeglicher Art, aber wie hatte sie so enden können? Ich war durcheinander und hatte Hemmungen, sie anzusprechen. Da ich nicht wusste, was ich tun sollte, blieb ich lange im Heiligtum. Als ich schließlich hinausging, war sie nicht mehr da, auch anderswo fand ich sie nicht. Es war nicht leicht, sie in der Menschenmenge zu entdecken. So suchte ich immer nach ihr, wenn ich in die Medina kam, aber ich fand sie nie mehr.

Dort in der Mitte der Gasse, auf der rechten Seite, liegt Rahmas Haus. Doch die Tür ist verriegelt! Ob sie schon die Reise ins Jenseits angetreten hat?

Unser Haus liegt da wie immer. Wir hatten es unter einander aufgeteilt, sobald sich die Gelegenheit bot, die Räume zu vermieten. Ich übertrete die Schwelle: Alle Türen zum Hof hin sind verschlossen, wie auch wir es im Herbst zu tun pflegten. Ich klopfe an die Tür zu meinem Zimmer, und die Bewohnerin erscheint. Als ich den Schleier lüfte, erkennt sie mich und bittet mich herein. Die Armseligkeit der Kammer lässt mich meine eigene Armseligkeit fühlen. Ich suche nach Worten, verlängere aber nur die Zeit des Wartens. Sie scheint aufs Schlimmste gefasst zu sein und ist nicht erstaunt, als ich schließlich herausplatze: „Ich brauche das Zimmer für mich selbst."

Vielleicht denkt sie, ich mache ihr etwas vor. Aber ich habe gelernt, dass man die ungeschönte Wahrheit sagen muss, will man jemanden von etwas überzeugen. Ich beobachte die Wirkung meiner Worte auf sie.

„Ich bin geschieden worden und habe nichts mehr als diese Kammer.“

Sie blinzelt, öffnet den Mund, schließt ihn wieder. Eine Scheidung ist für dieses Volk die äußerste Katastrophe. Als Erklärung entzieht sie jedem Widerspruch den Boden. Die Frau gibt nach.

„Ich werde ausziehen.“

Ich murmele einen Dank, doch als sie mich auf ein Glas Tee einladen will, lehne ich ab. Ich weiß, wie sehr ein Glas Tee eine arme Frau wie sie belastet. Außerdem muss ich einen Platz zum Schlafen finden. Die Frau begleitet mich zur Tür. Ich komme nur mit Mühe vorwärts, als sei ich behindert.

Schmutz, Dung, Ruinen, Tiere. Ein Müllmann zieht hinter seinem mit Abfall beladenen Esel her und spielt auf einer Mizmâr[1]. Wären da nicht Plastiktüten und Elektrizität, man könnte meinen, der Ort sei in der Tiefe der Geschichte stecken geblieben. Und da liegt auch schon das Heiligtum, ein längliches weißes Gebäude mit einer Kuppel.

Meine Schuhe sind verdreckt. Ich schüttele sie ab und nehme sie mit hinein. Der Faqîh[2] kauert hinter einem kleinen Ofen in seinem Winkel. Er ist so alt wie unser Haus. Sobald ich ihn erblicke, fasse ich Vertrauen. Einen Moment lang hatte ich befürchtet, er wäre wie Rahma ins Jenseits gegangen, aber er hat sich nicht verändert, als sei die Zeit spurlos an ihm vorübergegangen. Nur eines vielleicht: Sein Bart ist noch weißer gewor-

---

1 Hölzernes Blasinstrument.

2 Muslimischer Rechtsgelehrter.

den. Als ich seine Hand ergreife und küsse, spüre ich, wie warm und weich sie ist. Er merkt nicht auf. Ich schiebe meine Schuhe unter den Rand der Matte und setze mich hin. Wie weiß sein Haar ist! Wie alt mag er sein? Siebzig? Achtzig? Noch älter? Dieses Alter pflegten wir ihm schon in meiner Kindheit zu geben, zu Großmutters Zeit. Sie war eine seiner Anhängerinnen und hörte bis ins Alter nicht auf, ihn zu loben und zu preisen. Möge Gott ihr seine milde Gnade zuteil werden lassen. Die Dhikr[1]-Zusammenkünfte nahmen sie manchmal so mit, dass sie das Bewusstsein verlor. Musste eine Zusammenkunft ausfallen, weinte und klagte sie. Stets nahm sie mich mit, stets wurde ich von Ehrfurcht erfasst, wenn sie den Wollschal fallen ließ, der ihr Gesicht verhüllte – diese Art von Schal, der die Frauen aussehen lässt wie weiße, durch die Gassen huschende Zelte. Wenn wir an dem Getreidehändler vorbeikamen und in die Gasse zum Heiligtum einbogen, überkam mich Furcht. Auch später noch, als erwachsene Frau, waren Getreidehändler und Furcht untrennbar miteinander verknüpft.

Ich schaue den Scheich an, der lautlos den Koran rezitiert. Mir ist so beklommen zumute, dass ich kaum atmen kann. Mir fehlen die Worte. Wieso ist es so schwer, Gedanken in Worte zu fassen? An der Wand hängt ein altes Brett, auf dem groß gedruckt der Name Gottes steht. Von der Decke baumelt eine Kugel aus buntem Glas.

Mit seinem Berberakzent, den weder das Auswendiglernen des Korans noch lange Jahre in unserem Ort abschleifen konn-

---

[1] Mystischer Gebets- und Tanzritus der Sufis.

ten, murmelt der Scheich: „Auch ihnen, die zurückgelassen wurden, hat er sich wieder zugewandt, bis ihnen angst und bange wurde und es ihnen das Herz zuschnürte und sie meinten, dass es vor Gott keine Zuflucht gebe, außer zu ihm.[1]

Die sprachliche Gewandtheit des Mannes beeindruckt mich. Es ist, als hätte er mich mit seinen Worten im Sinn. Genau das, was ich nicht ausdrücken konnte, bringt er auf den Punkt!

Als der Scheich schweigt, sage ich: „Könnte ich die Nacht hier verbringen, Herr...?"

Sein Name fällt mir nicht ein. Ein Blick auf sein Gesicht überzeugt mich von der Reinheit seines Herzens.

„Hast du sonst keinen Ort?"

„Nichts als diesen hier. Ich wurde heute geschieden."

Sein Gesicht verfinstert sich, und auch mich erschüttern diese Worte. Ich bin erstaunt, dass sie an Schärfe nicht verloren haben. Schmerz steigt in mir auf und verschließt mir die Kehle. Eine Träne rollt über meine Wange.

„Weine nicht", sagt der Scheich.

Aber ich schluchze nur noch mehr, weine über das Leben und die Entfremdung von diesem Ort. Schließlich trockne ich meine Tränen und putze mir die Nase.

„Du sprichst den Akzent dieses Orts", sagt der Scheich. „Du brauchst ihn nicht zu verbergen."

Es stimmt, dieser Akzent haftet mir an wie Fischgeruch. Neben dem Zimmerchen ist er alles, was mir von diesem Ort geblieben ist.

---

[1] zitiert nach Rudi Paret, Der Koran, Übersetzung, Sure 9 (Die Buße), Vers 118.

„Haben Sie mich denn nicht erkannt, mein Herr?“
„Nein.“
„Ich bin Zahra, Kanzas Enkelin. Sie suchte Sie bis zuletzt auf. Erinnern Sie sich?“

Ein Lächeln blitzt in seinem Gesicht auf, weicht dann aber dem Erstaunen darüber, dass ein Mensch sich so sehr verändern kann. Resigniert sagt er: „So weit hat es das Schicksal gebracht.“
Ich erwidere scharf: „So weit hat es die Unabhängigkeit gebracht!“
„Aber warum nur?“
Groll steigt in mir auf: „Weil ich nicht mit der Gabel esse. Kein Französisch spreche. Mich nicht zu den Männern setze! Reicht das?“
„Sind das deren Ideale?“
„Ich bin nichts als eine alte Münze, die ins Museum gehört. Ihre neuen Posten verlangen nach modernen Frauen!“
Er sieht mich an, als käme ich vom Mars. „Prinzipien sind am wenigsten wert. Wie schnell die Menschen vergessen!“
„Jeder vergisst. Der Staat selbst vergisst.“
„Besitzt du gar nichts?“
„Nichts als die Kammer im Haus meines Vaters, in die ich bald einziehen werde. Und den Unterhalt für drei Monate und zehn Tage.“
„Aber du hast doch Verwandte im Ort?“
„Nur entfernte. Und was bringt’s, wenn ich sie jahrelang nicht gesehen habe? Ich kenne sie: ‚Du warst so lange weg, dass wir

dich vergessen haben. Wie hältst du das bloß aus? Du hast uns so wehgetan…' Nein. Ich werde keinen von ihnen aufsuchen."
„Die Einsamkeit ist ein hartes Brot für eine Frau in deiner Situation."
„Ich empfinde Abscheu vor allen, sogar vor mir selbst. In allem steckt Siechtum, Schwäche, Erschlaffung. Was ist los? Ist es Zauberei?"
„Gib acht, dass du in diesem Sumpf nicht versinkst."
„Der Prophet selbst zog die Zauberei an!"
„Gott segne ihn und schenke ihm Heil."
„Haben Sie das gewusst?"
„Dem, der Zauberei treibt, wird es nicht wohl ergehen, wo er auch auftreten mag."[1]
„Ist es am Ende der böse Blick?"
„Gott allein weiß es."
„Und Gott? Lässt der einen im Stich?"
Er wendet sich ab, als eine Perle von seiner Gebetskette zu Boden fällt, und murmelt wieder vor sich hin.
„Warum lässt Gott die Unterdrückung zu?", frage ich.
Er murmelt weiter: „Das Gebet zum Propheten lindert den Kummer und reinigt die Seele wie man das weiße Gewand vom Schmutz reinigt."
„Dieses Land starrt vor Schmutz!"
„Aber es ist nicht völlig bar des Guten. Wenn es das wäre, wären wir schon lange verzweifelt."

[1] zitiert nach Rudi Paret, Der Koran, Übersetzung, Sure 20 (Tâ Hâ), Vers 69.

„Sind wir denn nicht verzweifelt? Der Geschmack des Lebens ist verdorben, Kummer liegt in der Luft und nimmt uns den Atem!“

„Kein Kummer dauert ewig.“

„Ich habe beschlossen, damit zu leben. Männer, die ich kenne, betäuben ihren Kummer mit Wein. Ich biete ihm bei vollem Bewusstsein die Stirn.“

„Dann freue dich. Geduld ist ein Wesenszug des Glaubens.“

„Wenn sie es nicht wäre, ich hätte schon längst den Verstand verloren.“

„Dieser Zustand wird vorüber gehen, meine Tochter. Der Lohn erwartet dich im Jenseits.“

„Und was soll es dort geben? Überhaupt nichts, oder fast nichts!“

„Diese Welt ist nur von kurzer Dauer. Die andere ist die wahrhaftige. Wir müssen nur an sie glauben und Gott preisen.“

Wir schweigen eine Weile. Der Scheich geht hinaus und kommt mit einem Wasserkrug, Gerstenbrot und in Papier eingewickelten schwarzen Oliven zurück. Schweigend essen wir von dem Papier. Dann bringt er mir eine Matte und eine Decke. Ich lege mich hin, und er zieht sich zurück.

Der anstrengende Tag hat mich ermüdet. Zunächst meinte ich, sofort eingeschlafen zu sein, erinnerte mich dann aber am Morgen an das Geräusch des Regens, der auf die Weinblätter der benachbarten Häuser fiel – wie in meiner Kindheit.

Bis zum Nachmittag des nächsten Tages bleibe ich im Heiligtum, dann mache ich mich auf den Weg zu der Mieterin. Seit die Juden fortgezogen sind, ist es einfach geworden, eine Bleibe zu finden. Am Eingang unserer Gasse sehe ich Mädchen mit einem Seil spielen. Andere tragen Babys auf dem Rücken. Ihrer Armut zum Trotz spiegeln ihre Gesichter Gesundheit wider, die wohl auf die viele Milch zurückzuführen ist, die sie trinken. Viele Familien bringen ihre Kühe ins Gebirge, behalten aber eine oder zwei für sich, brauchen einen Teil der Milch selbst auf und überlassen den Rest armen Kindern wie diesen.

Ich bleibe stehen, um ihnen bei ihrem Spiel zuzuschauen. Wunderbar, wie viel Freude sie ausstrahlen! Es geht ihnen wie mir vor vierzig Jahren. Wie sehr würden wir die Kindheit genießen, wüssten wir, was uns später erwartet! Angst steigt in mir auf, wenn ich daran denke, was das Leben für diese Mädchen bereithält.

„Was das Gesetz vorsieht." Was soll das heißen? Unterhalt für hundert Tage?

Als ich das Haus erreiche, stehen die Möbel der Frau schon im Hof. Der Lastenträger lädt sie auf seine Schultern und marschiert los, den Kopf auf der Brust, während die Frau mir die Schlüssel aushändigt und dem Träger hinterher eilt.

Ich betrete das Zimmer und schaue mich prüfend um. Die Leere des winzigen Raums ist bedrückend. Aber ich preise Gott und kehre schnell zum Scheich zurück.

„Mein Zimmer gehört wieder mir. Ich kann Ihnen nicht genug danken!"

„Dank sei Gott."

Als ich seine Hand küsse und mich zum Gehen wende, hält er mich zurück: „Hier, nimm diese Decke … und die Matte."

Ich möchte ihm danken, aber mir fehlen die Worte. Noch nie habe ich mich in einer solchen Situation befunden. Ich befestige das Bündel auf meinem Kopf und suche mir beschämt meinen Weg durch die Gassen.

Der Scheich ist ein Quell des Guten in einer Zeit, in der selbst Prediger jede Moral verloren haben.

In meiner Kammer, im Hause meines Vaters, verbringe ich die zweite der hundert Nächte. Wie Scheherazade die ihren, so zähle ich die meinen.

## 2

Ergraut kehre ich in meine Stadt zurück – zurück zu Frost und winterlicher Kälte. Alles ist fort, alles: jeder Schmuck, selbst die Olivenbäume. Die Unabhängigkeit war das äußerste Ziel, die Tür zum Paradies.

Ich habe erkannt, wie wichtig es war, das Zimmerchen zu behalten. Etwas in meinem Unterbewusstsein muss mich daran gehindert haben, es zu verkaufen. Frauen verkaufen ihren Besitz in der Regel nicht. Unser Volk vereint das Beduinische mit dem Sesshaften, sitzt aber auch zwischen den Stühlen. Der feine Geschmack der Städter spiegelt sich in den Inschriften, Mosaiken und Marmorverkleidungen der Häuser, Moscheen und Bäder wider, während die Liebe zur Erde und zur Natur das Nomadische reflektiert.

In der Ebene, am Fuße der Berge, wuchsen Bäume von Maulbeeren, Granatäpfeln, Kirschen und Oliven. Die Erde war ein Flickenteppich aus Melonen-, Gurken- und Maisfeldern, während das Atlasgebirge mit seinen Wasserfällen, Seen und wundersamen Höhlen auf uns herabblickte. Wer Granada kannte, verglich unseren Ort mit dieser Stadt, wegen der Lage und des vielen Grüns. Nur Geld besaß man hier wenig, da die

Haupteinnahmequelle die Gärten sind. Ihnen opferten sich unsere Männer. Tatsächlich sind viele beim nächtlichen Bewässern der Felder umgekommen. Diebe gaben uns und unserem berberischen Bürgermeister einen Vorgeschmack auf die Hölle. Die Gefängnisse waren voll von ihnen, und doch nahm es kein Ende.

Ja, wir hängen an dem Land, wie wir an dem Grundbesitz hängen, und bringen daher Geschicklichkeit für zweierlei mit: für Ackerbau und Handwerk. Gibt es eine solche Mischung ein zweites Mal? Gott allein weiß es. Ich kenne nur Fès, Casablanca und Rabat und natürlich die Dörfer, die ich während des Unabhängigkeitskampfes passiert habe: Mulay Buscha'ib, Khemisset, Sûq al-Arba'a. Wie könnte ich sie vergessen? Ihre Namen sind meiner Erinnerung eingeprägt wie Münzen in Metall.

Eine Frau verkauft ihren Grundbesitz nicht, so besagt unsere Tradition. Zwischen solchen Sprichwörtern und Taten wuchs ich auf. Meine Großmutter pflegte zu sagen: „Ein Frau hat nichts als ihren Ehemann und ihren Grundbesitz. Und dem Ehemann kann sie nicht trauen."

Doch was ich sage, stammt aus meiner Kindheit. Heutzutage gehen die Kinder zur Schule, Handwerk und Gärten sterben aus, die Menschen ziehen nach Rabat oder Casablanca. Bald wird es hier nichts mehr zum Leben geben, selbst die Bäche trocknen aus. Was ist diesem Ort bloß widerfahren? Wie ich wurde er an den Rand gedrängt.

Wie das Hotel in Fès, in dem ich einst eingekehrt bin, bricht das Haus meines Vaters unter der Last seiner Bewohner zusammen. Der Garten ist heruntergekommen. Eines Tages wird er erschüttert werden und zusammensinken. Dabei wird uns die Höhle unter ihm begraben. Diese Höhle! Wie die Höhle Ali Babas gehörte sie zur Wunderwelt in der Phantasie meines Vaters. Seite an Seite mit dem Vieh waren in ihr Äxte, Hacken und Pflüge verwahrt, und mein Vater verbrachte dort seine glücklichsten Stunden, widmete sich im schummrigen Licht einer Lampe seinen Schätzen.

Nie sah ich ihn ohne eine Furche zwischen seinen Brauen. Entschlüpfte ihm aus Versehen ein Lachen, hielt er es sofort zurück und jagte uns fort, als seien wir die Schuldigen. Hatte er einen Wutanfall, verfluchte er meine Brüder und Schwestern, mich aber verschonte er. Ich war sein Liebling, seit ich in der erbarmungslosen Kälte des Atlas Oliven aufgelesen hatte, wie es nicht einmal die Männer wagten. Er zog mich auch vor, weil ich nicht bei ihnen wohnte, aber das begriff ich erst später. Angst erschütterte mich, wenn ich seine Stimme vernahm, wahrscheinlich aus Solidarität mit meinen Geschwistern. Ich fühlte mich erst sicher, wenn ich in das Haus meines Großvaters zurückgekehrt war.

Für meine Mutter hingegen empfand ich nichts, weder Liebe noch Hass noch irgendetwas anderes, als wäre sie eine Fremde, der ich auf der Straße begegnet war. Sie hatte die große Nase und den dürren Körper meines Großvaters geerbt. Ich sehe sie vor mir, wie sie in unsere alte Gasse eintritt, ihr schmaler Körper in ein gestreiftes Tuch gehüllt, weiß wie Schnee. Sie war sauber bis zum Exzess und widmete sich mit Eifer der Hausarbeit. Dabei sang sie Lieder, in denen es um ihre Feinde ging. An den Ohren trug sie rote Perlen mit einem weißen Fleck in der Mitte. Brachte meine Großmutter ihr ein Bündel bestickter Pantoffeln, Ohrringe oder Stoffe aus Fès mit, reichten wir die Schätze von einer Hand zur anderen weiter, während mein Großvater sagte: „Mögest du Freude an diesen Dingen haben!“ Und meine Großmutter: „Mögest du deine Neider überlisten“ oder: „Mögest du deine Feinde erblinden lassen“ oder etwas Ähnliches.

Sie meinte die Schwestern meines Vaters und die Frauen seiner Brüder. Ich erinnere mich nicht mehr, wann genau ich es begriff, aber mir wurde früh bewusst, dass meine arme Mutter in einem Schlangennest wohnte.

Mein Zuhause war in Wirklichkeit das Haus meines Großvaters. Dort wachte ich auf und dankte Gott für mein vom Glück begünstigtes Leben.

Mein Großvater mochte hundert Jahre alt geworden sein, vielleicht mehr, vielleicht weniger, ich weiß es nicht. Seine Zähne waren ausgefallen, aber neue waren nachgewachsen. Einst war er aus den Bergen gekommen, hatte meine Großmutter geheiratet und sich an diesem Ort angesiedelt. Er sprach Arabisch ohne jeden Akzent. In meiner Erinnerung war er ein weißes, an den Schultern geteiltes Hemd – dort führte die Kordel seiner Geldbörse entlang –, eine Nase in der Größe einer Feige und ein weißer Bart.

Ich lief herum, spielte und tat, was mir Spaß machte – in seinem Haus wagte keiner, mir ein Haar zu krümmen. Mein Herz strömte über vor Liebe, ich war verliebt in das Leben, das vor mir lag wie ein Rosenbeet. Ich pflegte auf den Stamm des alten Weinstocks zu starren, seine Zweige bis zu dem Punkt zu verfolgen, da sie sich um das Hofgeländer wickeln und fühlte unendliches Glück.

Dachte ich an eine Rückkehr nach Hause, war es das Haus meines Großvaters. Was ist aus ihm geworden? Seine Erben haben es verkauft, und danach wurde es wieder verkauft. Wie ein Passagier, der einen Flughafen nur betritt, um die Maschine zu wechseln, und dem keiner mehr zuwinkt, habe ich kein Zuhause mehr. Aber es macht mir nichts aus.
„Sie gehört zu euch, bis sie euch bestattet oder bis ihr sie bestattet."

Wie oft hörte ich meinen Großvater diese Worte sagen. Meine Großmutter pflegte zu antworten: „Deine Mutter hat dich in dem Jahr, als sie im Hause deines Vaters einzog, zur Welt gebracht. Sie ist sehr krank geworden, und wir hatten selbst so viele Sorgen, dass wir dich ganz vergaßen. (Ich war also vom ersten Tag meines Lebens an eine Last!) So haben wir ihr angeboten, dich aufzuziehen, und sie war einverstanden." Sobald meine Großmutter „einverstanden" sagte, wurde sie von meinem Großvater unterbrochen. Er wiederholte dann die Worte meines Vaters: „Sie gehört zu euch, bis sie euch bestattet oder bis ihr sie bestattet."

Als meine Großmutter nach dem Großvater als Letzte die Reise ins Jenseits antrat, wurde mir bewusst, dass ich zu niemandem mehr gehörte.

Ich habe noch ihr strahlendes Gesicht, umrahmt von den Seidenfäden ihres Schals, vor Augen. Ich liebte diese Fäden als wären sie, wie ein Lächeln, Teil ihres Gesichts. Ihr breiter Gürtel, um ihren fülligen Oberkörper gewickelt, war mit Seide bestickt. Und ihre Liebenswürdigkeit verteilte sie freigebig an alle, die sich ihr näherten.

Diese beiden Menschen haben meine Kindheit zu einer beschatteten Oase gemacht, bevor ich in die Wüste des Erwachsenseins eintrat.

Wir waren stets umgeben von Grün, sogar im Sommer; im Frühling aber entfaltete es seine volle Pracht. In großen Gruppen machten wir uns auf in den Garten meines Großvaters. Denke ich an den Frühling, steigt mir der Duft der Blumen und der Blüten der Bäume in die Nase und weckt süße Erinnerungen. Um diesen Garten zu erreichen, mussten wir einen langen Pfad passieren, voller Duft, Gezwitscher und wilden schwarzen Maulbeeren, die sich in den Hecken verbargen. In den oberen Zweigen glänzten grüne Granatäpfel, deren Blüten wie Kohlestückchen glühten. Von Kindheit an war mir der Granatapfelbaum der liebste, und ich liebe ihn noch heute.

Auf unserem Weg mussten wir auch einen Bach überqueren, über den mein Großvater einen kleinen Steg aus Balken und Lehm gelegt hatte. Das niedrige Tor zum Garten mochte aus den Zeiten Adams stammen, es quietschte wie eine Säge, wenn wir es öffneten. Hinter ihm breitete sich das Grün in all seinen Schattierungen aus. Und die Blüten! Wie eine Explosion. Dort lernte ich die Namen von Bäumen und Blumen kennen.

In meiner Erinnerung sehe ich auch weiße Laken unter den Maulbeerbäumen. Schüttelte man die Äste, rieselten erst die reifen Beeren wie ein Hagelschauer auf sie herab, dann die Blätter. Wir warteten darauf zu schaukeln. Kam die Reihe an mich und begann Großmutter mich anzustoßen, sang sie ein Lied, in dem immer wieder mein Name vorkam. Dann brach mein Lachen hervor wie Wasser, das eine Treppe hinabfließt, und wollte nicht verebben. Jetzt sind meine Lippen erlahmt und lassen nicht einmal ein Lächeln sehen.

Innerhalb eines Jahres lernte ich, Wolle zu spinnen, aufzuwickeln, zu wässern und zu kämmen und trat mit acht Jahren ins Geschäft meiner Großmutter ein. Wenn sie nach Fès fuhr, brachte sie mir von meinem Gewinn Stücke für meine Aussteuer und Schmuck mit. So wurde ich schon von Kindheit an für das spätere Unglück ausgerüstet.

Jetzt lebe ich zurückgezogen in diesem Zimmer, doch mein Geist steht nicht still. Die Nachbarn sagen schon: „Nachdenken ist wohl das Streben der Schlauen." Was für ein Gerede. Ich kenne sie. Die Armut zwingt sie, die niedrigste Haltung einzunehmen. Einige von ihnen sagen - einige von ihnen habe ich sagen hören: „Sie ist schwermütig und eigenbrötlerisch, sie geizt sogar mit Worten." Aber sie verstehen nichts! Ein paar

Frauen haben mich besucht, aber es war nicht zu ertragen, wie sie über andere herzogen; mein Magen verkrampfte sich vor Ekel. Ich ziehe meine Dschellaba an und gehe hinaus. Ich zertrete ihre Bräuche im Dreck! Jetzt werden sie sagen: „Die hat wohl ne Schraube locker." Im schlimmsten Fall werden sie mich verrückt finden, minderbemittelt. Sollen sie doch. Ich kann nicht mehr gesellig, rücksichtsvoll und lebhaft sein, denn ich habe eine erstaunliche Kraft erworben. Hätte das Unglück mich doch früher heimgesucht!

Nie wird der Schuft bekommen, was er verdient! „Ich werde dir deine Papiere zukommen lassen mit dem, was das Gesetz vorsieht." Für mich sieht das Gesetz nichts vor. Ich bin wie ein gescheiterter Schüler, der nach langen Jahren des Lernens schmählich von der Schule verwiesen wird. Was soll er tun? Was soll ich tun? Würde mein Verstand mich doch leiten! Doch welchen Ausweg gibt es an einem so toten Ort?

Schon wieder kehren sie den Dreck auf, nie erklären sie einen Waffenstillstand. Sobald die Sonne aufgeht, werden sie vom Sauberkeitsfieber gepackt und würden am liebsten die Decken putzen; am Waschtag bleibt kein Putztuch unbenutzt. Sie erinnern mich an meine Mutter.

Ich stelle fest, dass ich meine toten Verwandten noch nicht besucht habe. Nachdem ich mir die Freitagspredigt im Radio angehört habe, kaufe ich Brot und getrocknete Feigen und mache mich auf den Weg. Menschen kommen und gehen. Einige verkaufen Kerzen, andere rezitieren den Koran. Ich verteile

Brot und Feigen. Außer dem Grab meines Großvaters habe ich alle gefunden. Schließlich führt der Wächter mich zu ihm. Ich bleibe lange sitzen, bis mich eine seltsame Ruhe überkommt. Der Tod hat etwas Anziehendes. Warum nur fürchten ihn die Menschen so sehr? Die hohen Grabmäler gefallen mir nicht, sie sind wie eine Stadt der Toten. In der Ferne, innerhalb der Stadtmauern, sieht man die Häuser, weiß und rechteckig wie die Gräber. Sie sind auch eine Stadt. Ich weiß nicht, warum mir dieser Vergleich kommt.

Das Licht der Sonne wird langsam schwächer. Ich stehe auf und verspüre eine unerwartete Freude, die ich nicht verspielen will. Die Gelegenheit beim Schopfe packend, profitiere ich von meiner momentanen Lebenskraft und mache einen Rundgang durch die Stadt. Keine Gasse, keine Straße lasse ich aus. Der Markt der Holzverkäufer, der Getreidemarkt, der Markt der Tuchhändler und Schmiede, das Haus meines Großvaters. Ich bleibe stehen und verweile kurz. Kinder, Jugendliche, Frauen und Männer gehen ein und aus. Hier wohnen mindestens drei Familien, aus den Bergen Ausgewanderte. Früher ergoss sich das Wasser aus dem öffentlichen Brunnen in ein gefliestes Becken. Mit diesem Wasser putzten wir das Haus, wuschen die Kleider, wässerten Wolle, Weinstöcke und Vieh. Jetzt ist es, als wären wir nie da gewesen.

Ich vergesse mich selbst bis zum Einbruch der Nacht. Ich sollte mich nicht zu lange in diesen dunklen Gassen aufhalten … also streife ich ziellos umher. Die Straßenbeleuchtung stammt aus der Zeit der Unabhängigkeit. Jede Straße verfügt nur über eine Lampe, eine Glühbirne, die auf den mit Unkraut bewachsenen roten Lehmmauern auf einer Metallscheibe, einer Art Teller oder Hut, angebracht ist. Die alten, abgenutzten Brücken für Vieh und Mensch wiederum mögen aus der Zeit Mulay Idriss I. stammen. Furchterregend fließt der Fluss in der Dunkelheit dahin, sein Murmeln ist in der Stille der Nacht weithin zu hören. Der Ort geht mit den Hühnern schlafen und überlässt die Gassen nach dem Abendgebet den Katzen.

Ich muss weiter und weiter gehen und dieses Gefühl auskosten, denn der Schmerz kehrt gewiss zurück. Durch diese Straße führte meine Hochzeitsprozession und endete in dem Haus dort, dem Haus meiner Knechtschaft, um die man mich beneidete. Auch um meinen Bräutigam beneidete man mich. Er war Französischlehrer, damals ein sehr achtbarer Beruf. Ich hatte ihn vor der Verlobung nicht kennen gelernt, während er mich einmal an der Tür zum Haus meines Großvaters hatte stehen sehen, als ich mir einen Musikumzug ansah. Daraufhin hatte er um meine Hand anhalten lassen. Seine Wahl gründete er auf mein langes Haar und meine schwarzen Augen. Vor mir waren ihm schon einige Mädchen vorgestellt worden, doch er fand an jeder etwas auszusetzen: zu groß, zu klein, nicht üppig genug, zu viele Verwandte …

Mein Vater sagte: „Das Mädchen gehört seinem Großvater."

So wurde ich verheiratet, ohne je um meine Meinung gefragt worden zu sein. An den Festtagen brachte er mir Geschenke, und eines Tages hörte ich, dass die Hochzeit für die folgende Woche festgelegt worden sei.

Die Feierlichkeiten begannen: Meine Aussteuer wurde zusammengestellt, Süßigkeiten zubereitet, ein Hammel geschlachtet. Ich wurde ins Bad geführt, meine Hände und Füße mit Henna bemalt, die Geschenke des Bräutigams trafen ein, und schließlich fand die Hochzeitsnacht statt. Sieben Tage lang hatte ich mich von meiner Großmutter ferngehalten und nur im Verborgenen geweint. Als ich inmitten von Getriller und Jubelrufen fortgeführt wurde, überkam mich erneut ein Gefühl, das mich vor Jahren schon einmal heimgesucht hatte. Mit meiner Großmutter hatte ich bei einem Besuch des Heiligtums von Mulay Idriss des Prächtigen Gerstenbrot und schwarze Oliven gegessen, da sah ich auf einer hölzernen Bahre eine Leiche, in ein weißes Tuch gewickelt, mit einer schwarzen Decke bedeckt. Schrecken und Abscheu hatten mich erfasst. Ich hatte weitergekaut, aber der Bissen war mir im Hals stecken geblieben. Genau so erging es mir, als ich das Haus meines Großvaters verließ. Es dauerte ewig, bis der Hochzeitszug seine Strecke zurückgelegt hatte, und die ganze Zeit hatte ich den Geschmack von Gerstenbrot und schwarzen Oliven im Mund. Merkt das Herz, wenn man den falschen Weg einschlägt?

Als das Fest endete, hüteten meine Mutter und meine Großmutter tagelang das Krankenbett. Die freudige Aufregung hatte sie bis aufs Äußerste angestrengt.

Ein Jahr lang lebte ich im Haus meiner Schwiegereltern, ohne es auch nur ein einziges Mal zu verlassen. Als immer noch kein Nachkomme in Sicht war, musste ich die Runde zu den Heiligtümern machen, Räucherwerk verbrennen, Amulette tragen und Kräutermischungen trinken. Hätten sie mir Gift verabreicht – auch das hätte ich genommen! Als sie mich aufgegeben hatten, fingen sie an, mich noch schlechter zu behandeln. Schließlich glaubte ich selbst, der Grund für unsere Misere zu sein, und quälte mich über lange Zeit noch mehr. Heute bin ich nicht mehr so überzeugt von meiner Schuld.

Hätte er den Rat seiner Mutter befolgt, er hätte sich schon im zweiten Ehejahr von mir scheiden lassen. Unfruchtbarkeit gilt in einer Gesellschaft, die sich um die wahren Ursachen nicht kümmert, als hinreichender Grund. Zumindest hätte er eine zweite Frau heiraten können. Seine Mutter konnte diesen Triumph nicht mehr feiern, aber sie herrschte eine Zeit lang wie eine Feudalherrin über mein Leben. Ich hatte sie schon nach dem Aufstehen dafür zu preisen, dass sie diesen Sohn geboren hatte.
Aber es ist lange her … wie habe ich es bloß ertragen? Es verblüfft mich selbst. Hätte ich damals dieselben Gedanken gehabt wie heute, ich hätte ihr ins Gesicht gespuckt, die Tür zugeschlagen und sie stehen lassen.

Als er ihr eines Tages mitteilte, dass wir nach Casablanca zögen, schlug sie sich ins Gesicht, zerriss ihre Kleider und beschuldigte ihn des Treuebruchs. Ich erinnerte mich an einen Ausspruch meiner Mutter: „Geduld ist der Schlüssel zur Freude." Und ich war trunken vor Befreiung, als wir dem Ort den Rücken kehrten.

Familie und Nachbarn begleiteten uns nach draußen und winkten uns nach, als der Bus sich entfernte. Einige weinten sogar. Wir legten die Strecke in drei Tagen zurück. Der mit Kohle betriebene Bus fuhr mit einer Geschwindigkeit, die wir damals für besonders schnell hielten. In Fès und Rabat mussten wir umsteigen, und zum ersten Mal übernachtete ich in einem zweistöckigen Gebäude mit Zimmern, die auf eine umlaufende Veranda hinausgehen, und einem weitläufigen Hof als Garage für Pferde und Maultiere. Ich erinnerte mich an den Tag, an dem mein Vater einen Kleinlaster gekauft hatte, um Getreide und Oliven zu transportieren. Der ganze Ort war zusammengekommen, um ihn zu bewundern, und mein Vater hatte über das ganze Gesicht gestrahlt.
„Dieses Gerät ist ein Produkt des blauen Dämons", hatte mein Großvater gesagt, und mein Vater hatte geantwortet: „Wenn es doch Stroh essen würde!"

Casablanca ist die Stadt aus Weiß und Blau. Sie ist das pulsierende Herz Marokkos, offen für jeden, Zufluchtsort für die Flüchtigen, Heimat für Menschen aus allen Teilen des Landes. Hohe Gebäude, Lichter, Autos. Eine neue Welt, eine Wunderwelt. Ein Ei, ausgebrütet aus den Trümmern der Armeen, die für die Unabhängigkeit kämpften, und aus denen am Ende ein

Dämon schlüpfte, der seine eigenen Eltern verschlang. Tagelang streifte ich durch die Stadt. Am Anfang schüchterte sie mich ein, doch dann begann ich sie zu lieben: den Hafen, das Heiligtum Sidi Baliûts, die Carrière Central, das Ben-Msik-Viertel, die Boulevards und Läden. Es war so leicht, Kontakte zu knüpfen, Freundschaften zu schließen. Eine fruchtbare Erde, in der jeder Samen wuchs. Wir blieben zehn Jahre in Casablanca; mein Leben scheint in Jahrzehnten zu verlaufen! Die Stadt verwandelte mich vollkommen: ich stand mit beiden Beinen fest auf dem Boden und trug den Kopf zum Himmel erhoben. Aber ich lernte nicht, nein zu sagen – bis die Scheidung kam.

Was gibt es über diese ersten Jahre in Casablanca sonst noch zu sagen? Ich denke nach, aber mir fällt nichts ein. Die Tage des Überflusses plätscherten gleichförmig vor sich hin. Ich lebte zwischen Haushalts- und Schönheitspflege. Das Einzige, was mich interessierte, war der Kauf von Schmuck und schönen, seltenen Stoffen. Die Märkte von Casablanca beflügelten mich, meine Eleganz war sprichwörtlich, ich trug „den letzten Schrei“, wie es zumindest eine Freundin meiner Mutter nannte, die mich auf einem meiner triumphalen Besuche zuhause, bedeckt mit Ringen und Ohrringen, zu sehen bekam. Die Nachricht meiner Ankunft verbreitete sich meist so schnell, dass alle Frauen zusammenkamen, um mich zu begrüßen. In Wirklichkeit wollten sie nur meine Ringe und Ohrgehänge bestaunen.

Später begann der Kampf um die Unabhängigkeit, aber das ist eine andere Geschichte. Um der großen Idee willen verkaufte ich meine Olivenbäume, meinen Schmuck und alles andere. In meinem Herzen nahm der Widerstand die Stelle von Geschmeide und Perlen ein. Heute empfinde ich nur noch Abscheu gegen dieses Zeug und danke Gott, dass er uns von diesen Launen erlöst!

Auch glaube ich heute kaum, dass ich damals eine wirkliche Meinung zu dem Widerstand hatte – oder doch? In meiner Erinnerung herrscht nur Nebel. Es gibt kein Ereignis, kein Bild, nichts, das mir helfen könnte, die Gedanken zu ordnen. Wahrscheinlich war ich viel zu sorglos, viel zu beschäftigt damit, Modepuppe zu spielen. Ja, gewiss war ich viel zu sorglos. Und doch nahm ich, schon lange bevor ich dem Widerstand aktiv beitrat, eine klare Haltung ein.

Ich erinnere mich an jenen Tag, den Tag des Blutbads von Casablanca. Er wird nicht vergessen werden, er ist der schwärzeste Tag in meiner Erinnerung und lässt meinen Körper noch heute erstarren. Ich sehe sie deutlich vor mir, die Soldaten der Fremdenlegion, wie sie aus der Kaserne in der Nähe unseres Hauses marschieren und mit ihren Maschinengewehren auf die Passanten feuern.

Wie lange lebte ich mit dem Lärm der Geschosse in meinen Ohren, dem Fallen von Männern, Frauen und Kindern vor Augen? Später sah ich noch viele Leichen wie Müllsäcke auf dem

Pflaster liegen. Aber nie waren sie schlimmer als die Leichen, die ich an jenem entsetzlichen Tag sah. Ich fand mich in der Wohnung von Menschen wieder, die mir bis heute unbekannt sind. Inmitten des Schreckens muss ich wie bewusstlos, wie schlafend getaumelt sein.

Als der Schock vorüber war, griff eine Trostlosigkeit um sich, als hätte jemand einen geliebten Menschen verloren, ein Gefühl der vollkommenen Hilflosigkeit. Von diesem Tag an verlor das Leben trotz Schmuck und schöner Kleider seinen Glanz für mich. Wir mussten die Lage ändern, sonst war das Leben nicht mehr lebenswert.

Die Ereignisse nahmen ihren Lauf, nachdem ein Soldat der Fremdenlegion eine Marokkanerin belästigt und ihren Landsmann, der ihr zur Hilfe geeilt war, niedergeschossen hatte. Passanten hatten sich versammelt; aus der Versammlung war eine Demonstration, aus der Demonstration ein Blutbad geworden. Hunderte Wehrlose starben in ihrem eigenen Land wegen der Laune eines Söldners!

Hand in Hand kehren die Erinnerungen zurück – aber was mache ich mitten in der Nacht in dieser einsamen Gasse? Wieder bei Bewusstsein, kehrt das Gefühl für meine schmerzliche Lage zurück. Aus der Moschee vor mir treten geisterhafte Gestalten auf die Straße; einige husten in der feuchten Luft. Um mich herum erhebt sich der Atem der Morgendämmerung.

Während sich im Ort schon der Duft des Morgens verbreitet, lässt sie ihr blaues Licht erscheinen.

## 3

Ich werde dir deine Papiere zukommen lassen, mit dem, was das Gesetz vorsieht." Was für eine Schande. Solche unreifen Menschen gelangen in Positionen, denen sie nicht gewachsen sind und meinen dann, diese würden ewig währen. Eines Tages wird er sich in einer ähnlich verzweifelten Situation befinden wie ich jetzt, und die Welt wird über ihm einstürzen. Sollte ich jahrelang mit einem Feind zusammengelebt haben? Hätte er seine neue Stelle nicht bekommen, wäre ich gestorben, ohne es je zu erfahren.

Die Papiere sind angekommen, mit dem, was das Gesetz vorsieht; die Post hatte mich informiert. Ich habe mich auf den Weg gemacht und in zwei Schlangen gewartet, um mir die Papiere und den Scheck aushändigen zu lassen. Gibt es in der Welt eine größere Schmach? Ich habe nach der Zahlungsanweisung verlangt und sie wütend und mit hämmernden Kopfschmerzen ausgefüllt. Wozu sonst hatte ich im Abendunterricht schreiben gelernt? Der Analphabetismus wurde bei denen bekämpft, die weder lesen noch schreiben konnten, während man die Gebildeten in Ruhe ließ.

Ich trage den Betrag ein, den ich erhalten habe, sowie Namen und Adresse meines Exmannes, und gebe dem Postbeamten die Anweisung zurück. Nebel umhüllt mich, als durchlebte ich den Schreck noch einmal. Mir ist kalt. Ich verlasse das Postgebäude mit demselben Gefühl des Verlorenseins, das ich empfand, als ich aus seinem Haus verbannt wurde. Ich finde eine sonnige Bank und setze mich nieder. Erst jetzt wird mir bewusst, wo ich bin: in einem öffentlichen Park, den die Franzosen hinterlassen haben. Eine Schar Kinder tobt um mich herum. Das Leben ist verdorben und doch vermehren sich die Menschen. „Kinder sind der Beweis, dass Gott die Hoffnung in die Menschheit noch nicht aufgegeben hat." Ich weiß nicht, von wem dieser Ausspruch stammt. Gepriesen sei Gott, dessen Geduld grenzenlos ist.

Der Lärm der Kinder stört mich, und ich kehre nach Hause zurück. Passend zum Wetter bringt die Schwermut Frost ins Haus. Ich streife meine Dschellaba ab, rolle sie zusammen und setze mich. Die Kammer riecht nach alten Büchern, sie ist winzig. Es wäre besser, wieder hinaus zu gehen, doch ich erinnere mich an das Kindergeschrei und lege die Dschellaba milde gestimmt neben mich. Schon wieder ist der Sänger Slaoui zu hören. Wer hat eigentlich das Radio erfunden? Gezänk dringt an meine Ohren. In diesem Haus herrscht niemals Ruhe. Ist mir auch dieses Schicksal vorherbestimmt?

Wieder ziehe ich meine Dschellaba an, verlasse das Haus und streife ziellos durch den Ort. Im Flohmarkt erreicht eine

Versteigerung ihren Höhepunkt. Ist tatsächlich schon Donnerstag? Im Stoffmarkt lässt ein Händler unflätige Worte auf zwei Frauen los, die sich hinter ihren Wolltüchern verbergen. Diese Märkte nehmen einem den Atem. Und ich, die ich das sage, habe selbst Jahre in solchen Läden verbracht! Heutzutage haben sie Eisenfinger.

Ich war also eine Modepuppe, wie es eine Nachbarin aus unserer alten Gasse ausdrückte. Als Freundin meiner Mutter war sie Zeugin meiner triumphalen Auftritte im Ort, wenn die Nachricht sich wie ein Lauffeuer verbreitet hatte, dass ich mit Perlen, Ringen und Ohrringen geschmückt, zurückgekehrt war. Hoffnungslosigkeit führt zu Nachlässigkeit. Das hatte ich wohl bemerkt. Ich hatte an mir herabgesehen, als die Frau diese Worte sprach, doch mein Äußeres hatte mich nicht gestört.

Ich überquere Platz und Busbahnhof und verlasse die Stadt. Der Friedhof, mit all seinen Toten, liegt still da, nur ein paar Habenichtse lungern herum und rauchen Kîf; einer von ihnen zerschmettert eine Weinflasche auf einem Grabstein. Ich wende mich ab und haste verwirrt und zornig zurück in die Stadt, zum Heiligtum.

Beim Scheich befinden sich noch einige Frauen, die aber bald aufbrechen. Als ich vorgerückt bin, nestele ich nervös am Ärmel meiner Dschellaba. „Meine Sorgen werden größer, mein Herr."

„Beruhige dich, und erzähle mir, was geschehen ist“, erwidert er mit erstaunlicher Ruhe.
Ich zögere, aber die Tränen brechen hervor. Ich schlucke: „Die Papiere sind angekommen.“
„Hast du denn nicht gewusst, dass sie kommen würden?“
„Doch, aber …“ Wir schwiegen.
Die Stimme eines Blinden, der den Koran zitiert, erfüllt das Heiligtum. Ich gebe mich ihr hin; sie erleichtert mein Gemüt und beruhigt mich. Abrupt frage ich den Scheich: „Was soll bloß aus mir werden?“
„Der Gläubige kennt weder Angst noch Unruhe des Herzens.“ Er kritzelt etwas mit seiner Rohrfeder.
„Ja, ja, aber ich werde Hungers sterben!“
„Im Land des Islam verhungert niemand.“
„Ich habe nicht das geringste Einkommen.“
„Im Ort gibt es eine Teppichfabrik.“
„Ich kann nicht weben.“
„Du könntest einen Kaftan knüpfen.“
„Meine Augen sind zu schlecht.“
„Wenn du träge wirst, wirst du anfangen zu rosten.“
Und da fällt mir ein: ich kann ja spinnen. Ich teile ihm dies mit.
„Siehst du?“, sagt er.

Ich hatte vergessen, dass ich spinnen kann, ich hatte den Namen des Scheichs vergessen, ich vergesse ständig, welcher Wochentag gerade ist und verlaufe mich in den Straßen. Ich muss mich zusammenreißen.

Seit dreiundzwanzig Jahren habe ich keine Spindel mehr angefasst. Es war nicht notwendig. Und in den letzten Jahren warfen die Frauen ihre Spindeln weg, um sich in den Unabhängigkeitskampf zu stürzen.

Wann hatte er sich dem Kampf angeschlossen? Ich weiß es nicht. Als ich es bemerkte, war ich genauso erstaunt wie an dem Tag, da er sich hinsetzte und sagte „Ich werde dir deine Papiere zukommen lassen, mit dem, was das Gesetz vorsieht.“ Nur brachte die erste Überraschung Freude, ja Glückseligkeit mit sich, nicht Kummer.
Durch ihn begann auch ich mich für mein Vaterland einzusetzen. Doch was tut mein Vaterland jetzt für mich?
„Der Kampf ist zu Staub zerfallen“, sage ich zum Scheich.
Er hört auf zu schreiben und hält mir die Feder vor das Gesicht: „Gott hat es nicht gern, wenn auf Taten Arroganz folgt.“
„Was nützt mir schon die Arroganz? Müsste ich alles noch einmal machen, ich würde es auf mich nehmen!“

Mein Engagement für die nationale Sache begann per Zufall, als es eines Abends, kurz vor Anbruch der Sperrstunde, an unserer Wohnungstür klopfte. Der hartnäckige Klopfer musste einen Grund haben. Mein Mann öffnete die Tür, ich stand hinter ihm. Das Licht ließ einen Mann erscheinen, dessen knochiges, unrasiertes auberginenfarbenes Gesicht in der weiten Kapuze seiner Dschellaba klein wie eine Faust aussah. Mein Mann war erstaunt über den unerwarteten Gast, der ihn mit den Worten „Die Frau ist noch nicht zurückgekehrt“ in die Wohnung schob.

Ich ging ins Wohnzimmer und zog die Fensterläden zu. Die beiden folgten mir, der Fremde voran. Er nahm seine Kapuze ab und setzte sich. „Ich werde mich ergeben.“

Mein Mann stand am Türrahmen, ich neben ihm. Als die Sirene die Sperrstunde ankündigte, löschte ich das Licht und zündete eine Kerze an. Das Rattern der heruntergelassenen Fensterläden klang wie Kanonendonner. Plötzliche Stille legte sich über die Straße, als hätte sie die Sprache verloren.

„Sie sind zu meiner Frau gekommen“, sagte der Mann. „Allâl hat gestanden. Er hat ihnen geschildert, wie sie mich identifizieren können.“

Er deutete auf sein Knie. Ich folgte seiner Handbewegung, sah unter seiner Dschellaba den Teil eines künstlichen Beins und senkte sofort den Blick. Bei seiner Ankunft hatte ich in der Aufregung nicht bemerkt, dass er hinkte.

Als wolle er sein Elend mildern, berief er sich auf die Tage Dien Pien Phus und spuckte auf ihr Andenken.

„Mein Bein habe ich für Frankreich gegeben – jetzt wird es sie direkt zu mir führen! Eine Tragödie, die in Vergessenheit geraten wird, weil sie uns widerfährt.“

Er hob seine Dschellaba hoch und fügte scharf hinzu: „Das ist alles, was mir von dem Krieg in Indochina geblieben ist.“

Ich sah betreten zu Boden, als sei ich verantwortlich für die Taten der Franzosen.

Zu diesem Zeitpunkt redete er nicht weiter darüber. Doch nach der Unabhängigkeit erging er sich in langen Reden und erzählte uns die immer gleichen Geschichten … Bis jetzt war Vietnam für ihn Indochina geblieben. Schwelgte er in Erinnerungen, wurden seine Gesichtszüge weich, und seine Stimme nahm einen traurigen Klang an. Er hatte dort zwei Töchter zurückgelassen, die er seit Ende des Krieges nicht mehr gesehen hatte. Das Schicksal hatte ihm bestimmt, dass seine marokkanische Frau unfruchtbar sein sollte.

Er schrieb ihnen regelmäßig, auf Französisch. Sprach er aber über „sein" Indochina, kam die Rede nur auf den Dschungel mit seinen ineinander verschlungenen und verflochtenen Bäumen. Er sprach von dem in Rauch gehüllten Himmel, von Waffen und Explosionen, Kriechtieren, Camps, Ärzten und Krankenschwestern. Und er sprach von seinem Bein, mit dem er in einer Brigade unter dem Befehl eines marokkanischen Offiziers marschiert war und das er eines Tages beim Aufwachen nicht mehr vorgefunden hatte. Aber von seinen Töchtern sprach er nie. Trotzdem wussten wir von ihnen, und er wusste, dass wir von ihnen wussten und unsere Ahnungslosigkeit nur spielten.
Seine Töchter und sein Bein waren die Wunden, die der Krieg in Indochina in seinem Herzen hinterlassen hatte. Seine Töchter würden als Vietnamesinnen sterben, ohne die Erde ihrer marokkanischen Vorfahren und das Gestell, auf dem ihr Vater tagsüber ging und das er abends wie ein lebloses Etwas beiseite legte, je gesehen zu haben. Diese Gründe boten ihm Anlass genug, Frankreich zu hassen und es bis aufs Blut zu bekämpfen. Trat er tatsächlich deshalb dem Unabhängigkeitskampf bei? Wurde er nur von nationalistischen Gefühlen geleitet? Ich weiß

es nicht. Seit er freilich in jener Nacht in seiner derben Woll-Dschellaba in unsere Wohnung geflüchtet war und auch nach der Unabhängigkeit – als spürte er meine Zweifel – weiterhin versicherte, er hätte sich auch ohne den Verlust seines Beins in den Kampf gestürzt, bin ich mir dessen nicht sicher. Obwohl niemand ihn je auf die Geschehnisse jener schrecklichen Nacht ansprach, wenn wir uns des Kampfs erinnerten, konnte ich nicht umhin, immer wieder daran zu denken. Und nie wurde ich das Gefühl los, er merke genau, was in meinem Kopf vorging.

Als er in jener Nacht sagte, das Bein sei sein Tribut für den Indochinakrieg, wies mein Mann ihn streng zurecht: „Vergiss das Bein endlich!"

Faqîh antwortete: „Ich schwebe in großer Gefahr."

„Warum hast du auch dein Versteck verlassen?"

„Eine Nachbarin hat mich gesehen und angefangen zu tratschen. Die Frau hat mir geraten zu fliehen. Man kann ihr keine Vorwürfe machen. Ihr Mann sitzt im Gefängnis, er ist Freiheitskämpfer, ein Fidâ'i. Was hätte ich denn machen sollen?"

„Das ist uns schon klar. Du hättest nur noch ein wenig warten können."

„Ich mache keinen Hehl daraus, dass ich nicht durchhalten würde. Sieh doch nur 'Allâl an! Ich hatte gedacht, er wäre immer stark! Wenn man mit ihm über die Lage spricht, bleibt er regungslos, sein Gesicht erstarrt hinter dem Lenkrad. Fährt man mit ihm an den Landgütern der Kolonisatoren vorbei, regt er sich so sehr auf, dass er fast von der Fahrbahn abkommt. Und immer wieder sagt er: ‚Diese Güter gehören dir und mir. Aber während wir unser Leben damit fristen, Getränkekisten auszufahren, haben die Ausländer den Nutzen!' Als wir beschlossen, ihre Felder zu zerstören und ich mir von dir Anweisungen holte, war ich überzeugt davon, dass ich, wie 'Allâl es ausdrückte, mehr dazu auserwählt war zu sterben als die hundert anderen, die täglich ihr Leben lassen, weil ich besser als sie begriff, was das Wort ‚Marokko' bedeutete. Aber ich habe Angst vor der Zelle. Er kennt mich, und ich kenne dich."

In seiner Stimme klang eine Gefahr mit, die unsere Nervosität nur noch verstärkte. Plötzlich hörten wir, wie jemand mit dem Fuß an die Haustür stieß. Wenn mein verstorbener Großvater eingetreten wäre, ich wäre nicht weniger erschrocken gewesen. Wir hasteten durch das Zimmer.

„Wo soll ich mich verstecken? Unter dem Bett?", rief Faqîh.

Mein Mann stürzte zur Tür und riss sie auf. Als Faqîh in die Dunkelheit stürzen wollte, packte er ihn am Arm: „Wo willst du denn hin?"

„Aufs Dach!"

„Und die Senegalesen?"

Wir hatten nicht an sie gedacht. Die Soldaten der Fremdenlegion. Waren sie eigentlich wirklich Senegalesen oder nannten wir sie nur aufgrund ihrer Hautfarbe so? In einer glücklichen Eingebung hatte mein Mann sich daran erinnert, dass sie die Dächer unserer Stadt bevölkerten, und damit Faqîhs Leben gerettet.

Faqîh trat wieder ein. Mein Mann zündete Streichhölzer an und ging nach unten. Er öffnete die Haustür, und wir konnten folgenden Dialog mit anhören:

„Wer wohnt in diesem Gebäude?"

„Nur ich.“
„Wie heißt du?“
Er nannte seinen Namen.
„Dann haben wir uns geirrt. Das Gebäude, das wir suchen, liegt auf der anderen Straßenseite.“
Die Tür schlug zu, wir verharrten in der Dunkelheit. Nie wieder sollte ich ein solches Wunder erleben. Wir kehrten in die Wohnung zurück und hörten draußen in der Stille ein dünnes Stimmchen weinen: „Ich weiß nicht, wo er ist!“

Wir stürzten im Durcheinander zu den Fensterläden. Eine unverschleierte Frau, die wir von unserem Beobachtungsposten inmitten all der Militärmützen ausmachten, wurde herausgebracht. Es war ganz still. Mir kam es vor, als seien alle geschlossenen Fenster Augen.
„Ich weiß nicht, wo er ist!“

Sie wurde geohrfeigt. „Im Ma'arif[1] wirst du es wissen!“, rief einer der Männer mit französischem Akzent auf Arabisch; er konnte das „R“ nicht rollen.
„Er ist bei seinem Cousin.“

Sie sprach die Worte aus wie jemand, der ein Stück Kohle fallen lässt, das er zunächst für etwas anderes gehalten hat. Stille. Dann trieben sie sie in den Jeep und rasten davon. Als das Motorengeräusch verklungen war, hörten wir aus dem Haus der Frau Kinder weinen. Eine Patrouille erschien am Ende der Straße. Das Stampfen ihrer Stiefel vermischte sich mit dem Weinen der Kinder.

---

[1] Hauptpolizeistation in Casablanca.

Ungläubig zogen wir uns vom Fenster zurück. Welche Macht hatte sich in dieser Szene freigesetzt? Es war die Nacht der Wunder. Bestürzt saßen wir da, bis mein Mann zu Faqîh sagte: „Willst du etwa ganz aufgeben? Hast du es nicht gesehen? Ein Schlag ins Gesicht, und sie liefert ihren Mann aus!“
Sein Ausdruck war hassverzerrt, während Faqîhs dunkles Gesicht bleich wurde. In der Woll-Dschellaba sah sein kleiner Kopf aus wie der Kopf einer Schildkröte, sein Schatten wurde an der Wand vom Kerzenlicht reflektiert.
„Ich werde der Peitsche nicht lange standhalten. Ich warne dich!“
„Ist das eine Drohung oder ein Hilferuf?“
„Ich werde gestehen!“
Der Verrückte hatte vergessen, dass das Individuum für die Gruppe sterben muss, genauso wie er zuvor auch die Senegalesen vergessen hatte.
„Ich werde ihnen deinen Namen verraten, und den Namen der Frau, die mich versteckt hat.“
Der Gesichtsausdruck meines Mannes war so hasserfüllt, dass ich meinte, er würde Faqîh umbringen, aber er starrte ihn nur an. Ja, Schwäche verleitet zur Unbesonnenheit. Verwirrt und gebrochen sagte dieser: „Hilf mir, einen Ausweg zu finden!“
„Das werden wir tun.“

In dieser Nacht schlief ich fiebrig. Mein Mann verließ das Haus nach der Aufhebung der Ausgangssperre. Als er heimkehrte, fand er mich am Waschbecken in der Küche.
„Faqîh wird dich morgen als Frau verkleidet nach Sûq al-Arba'a begleiten. Dort ist morgen Markttag. Frag nach Rahâl,

dem Gewürzhändler. Er ist ein großer schlanker Mann, der Pluderhosen und einen Turban nach östlicher Art trägt. An seiner linken Hand hat er einen sechsten Finger, wie ein Geschwür. Die Losung ist ‚der Himmel ist blau'."

Ich zog mich rasch an und holte Dschellaba und Schleier für Faqîh. Die beiden Männer waren dabei, seine Prothese einzupassen. Den Tee, den ich Faqîh auf einem Tablett anbot, rührte er nicht an.

„Rahâl wird dir helfen, über die Grenze in den spanischen Sektor zu kommen", sagte mein Mann. Er gab ihm ein paar Dokumente, dann halfen wir ihm, Dschellaba und Schleier anzulegen und machten uns auf den Weg.

Als wir einen Platz im Bus gefunden hatten, verabschiedete sich mein Mann von uns, doch der Bus machte keine Anstalten aufzubrechen. Vielleicht würde er sich um eine oder zwei Stunden, vielleicht aber auch um einen oder zwei Tage verspäten. So war es in den Kolonien üblich. Einige Mitreisende protestierten. Als ein Mann mit einer Liste hereinkam, rief ein junger Kerl aus dem hinteren Teil des Busses ihm zu: „Wann fahren wir los?"

„Wenn Gott es gestattet", erwiderte der Mann ärgerlich und provozierend.

„Warum werden dann überhaupt Abfahrtszeiten angegeben, wenn sie nicht eingehalten werden?", fragte der junge Mann.

Es trat ein, was ich befürchtet hatte. Alle Augen derer, die noch vor kurzem unbedingt hatten abfahren wollen, waren in der Erwartung eines Streits auf die beiden Männer gerichtet. Keiner verfluchte den Teufel, um die beiden zu beruhigen, bis ich es schließlich freiwillig auf mich nahm. Der Mann schien nichts anderes erwartet zu haben. Er schnappte sich die Liste und verließ den Bus.

Eine Frau sagte: „Wir fahren los, wenn wir losfahren. Was machen schon eine oder zwei Stunden aus?"

„Wenn das so ist, dann brauchen wir die Kolonisatoren immer noch", antwortete der junge Mann.

Die Passagiere murmelten vor sich hin, aber keiner sagte etwas. Die Plane an der linken Seite des Busses wurde hochgezogen, Händler versuchten mit einer bewundernswerten Hartnäckigkeit, an den Fenstern ihre Waren zu verkaufen und liefen noch neben dem Bus her, als wir bereits fuhren. Wir kamen an Kasernen, Patrouillen und Arbeitern vorbei, die antikolonialistische Graffitis übermalten.

Faqîh saß am Fenster und starrte auf die Straße mit ihren Läden und Spaziergängern hinaus. Man sah ihm an, dass er sich nach Menschen sehnte, nach Leben. In seinen Augen besaß alles eine eigene Schönheit, einen eigenen Charme. Kein Wunder, war er doch einen ganzen Monat in eine winzige Kammer eingesperrt gewesen. Aber darüber sprach er erst später. Er hatte zu seltsamen Zeiten geschlafen, in seinen schlaflosen Nächten mit dem Radio herumgespielt, indem er von Sender zu Sender sprang. In der Morgendämmerung hatte er allmählich die Konturen der Dinge wahrgenommen und den Geräuschen von der Straße her gelauscht.

Wenn er von dieser Zeit erzählte, vergaß er nicht, auf seine politischen Überlegungen hinzuweisen. „Ich habe gehört, wie sie ein Radioprogramm ankündigten, über das sie im ganzen Land neue Gesangsstimmen aussuchen wollten. Sie nannten es ‚Singe, Jugend!' Die Jugend sollte singen, statt zu den Waffen zu greifen. Instinktiv merkte ich, dass sie die nationale Jugend einfach ablenken wollten. Meine Vorahnungen bestätigten sich, als meine Frau, die mich anderntags wie gewöhnlich besuchte, mir erzählte, dass bei einer Vorstellung im al-Hamra-Kino in Rabat eine Bombe explodiert sei. Ich hätte geahnt, was geschehen würde, sagte ich ihr. Da erzählte sie, dass man den Anschlag ‚terroristisch' nannte. ‚Sie nennen uns Terroristen, dabei sind sie die eigentliche Quelle der Gewalt!'", rief ich.

Er hatte sie erfreut angesehen und gefragt: „Ist es nicht so, Ruqîya?" Und als sie ihm zustimmte, nahm seine Freude noch zu.

Als wir im Bus nach Sûq al-Arba'a unterwegs waren, konnte ich hinter dem Schleier nichts von seinem Gesicht ablesen. Ich merkte aber, dass er sich in Gefahr wähnte, respektierte seine Besorgnis und sprach ihn während unserer Reise nicht an. So gaben wir uns beide schweigend unseren Gedanken und Betrachtungen hin, erhöhten dadurch aber nur unsere Nervosität.

Wir hatten schon eine gute Strecke Weges nach Rabat zurückgelegt, da tauchten neben der Straße Weinstöcke auf, zwischen denen die rote Erde durchschimmerte und in deren Mitte mit roten Ziegeln bedeckte Häuser standen. Plötzlich verlangsamte der Bus seine Fahrt und fuhr an den Straßenrand. Als der Motor ausgeschaltet war, verrenkten die Passagiere die Hälse und standen halb auf, um sehen zu können, was draußen vor sich ging.

„Ein Motorschaden!"

„Eine Durchsuchung!"

„Ein Stau!" wurde gerufen.

Ich beherrschte meine Unruhe und blieb auf meinem Platz sitzen, bis der Fahrer über die Schulter ankündigte, dass eine Militäreinheit uns überholte. Erleichtert seufzte ich auf; einige Mitreisende stiegen aus. Ein Lastwagen, auf dessen Ladefläche von Kopf bis Fuß bewaffnete Soldaten saßen, fuhr an uns vorbei. Ein Mann beschimpfte sie durchs Fenster. Als die Kolonne sich entfernt hatte, hupte der Fahrer und die Reisenden kamen, die Hände voller weißer Trauben, aus den Weinstöcken zurück zum Bus geeilt.

Vorbei an Riedhecken und Tomatenfeldern fuhren wir weiter, bis wir die Vororte von Rabat erreichten. Die Sauberkeit der Stadt, das Weiß der Häuser und das Grün der in vollem Laub stehenden Bäume und blühenden Büsche an den Häusern und Regierungsgebäuden fielen mir sofort auf – eine marokkanisch-europäische Seltenheit an der Atlantikküste.

Ich lernte Rabat später besser kennen, als ich Flugblätter für den Widerstand verteilte. Ich fand die Stadt klein und hübsch.

In meiner Erinnerung zeichnete sie sich durch drei Besonderheiten aus: den Mechouar, eine große weite Fläche, auf der wilde Gräser unter Bäumen wuchsen, den Fluss und die Medina, die Altstadt. Am Freitag kamen die Menschen hier zusammen, um die königliche Prozession auf dem Weg zur Moschee zu bestaunen und unter freiem Himmel zu picknicken. Der Fluss zeichnete sich durch eine Schiffsbrücke aus, auf der den ganzen Tag dicht gedrängt wie Mistkäfer Minibusse hin- und herfuhren und die Menschen zu einem geringen Entgelt beförderten. Die Medina wiederum verbarg sich wie ein Obstkern hinter den Stadtmauern, wo ihre zahllosen Gassen sich ineinander verwoben.

Rabat bezauberte mich und löste vertraute Gefühle aus; ich konnte mir nicht vorstellen, dass sich einmal Schmerz hineinmischen würde.

Als ich die Stadt zum Austeilen von Flugblättern aufsuchte, verbrachte ich die Nacht oft im Hause Hadsch 'Alis, eines begeisterten Nationalisten. Er war ein großer, kräftiger, stets gut gelaunter Schmied, dessen Freude durch die Geschicklichkeit in seinem Handwerk noch weiter angefacht wurde - wie glühende Kohle von einem Blasebalg. Der Liebe zu seiner Arbeit kam nur die Liebe zu seiner Heimat gleich. Ich kann mir gut vorstellen, dass er neben dem Verteilen von Flugblättern und der Versorgung der Häftlinge im Zentralgefängnis noch andere geheime Tätigkeiten ausübte. Nach der Unabhängigkeit wurde er in einer der südlichen Provinzen zum Qâ'id ernannt. Tatsächlich erlangten viele meiner Bekannten, unter ihnen Faqîh, einen solchen Posten. Aber darauf komme ich später zurück.

In der Zeit der Kolonialherrschaft war ein Qâ'id ein Stammesherrscher, der ein königliches Leben führte. Er gehörte der Schicht von Feudalherren an, die in Zusammenarbeit mit den Protektoratsbehörden über Leben und Besitz der Einwohner herrschten. Diese beabsichtigten dadurch, ihre Einflussbereiche auszuweiten und die nationale Einheit sowie die Zentralregierung zu schwächen. Ein Qâ'id stellte eine vornehme Persönlichkeit dar, die im Geiste der Menschen immer mit Reichtum, Macht und Würde verknüpft war. Heutzutage ist diese Position dem Innenministerium zugeordnet. In den frühen Tagen der Unabhängigkeit war sie noch mit viel Ansehen verbunden.

Inwiefern hatte der Posten Hadsch 'Ali beeinflusst? Wie hatte er die Veränderung verkraftet? Als wir ihn das letzte Mal im Süden besuchten, wirkte er matt und angespannt, als sei sein Lebensmut ebenso erloschen wie die Feuerstelle in seiner Werkstatt in der Medina von Rabat. Wo waren seine Heiterkeit, seine Entschlossenheit, sein Lebensmut hin? An diesem Tag wurde mir klar, dass das menschliche Verantwortungsbewusstsein ebenso wie Prinzipien ein „zerbrechliches Gut“ ist, wie es der Scheich beim Heiligtum ausdrückte.

Danach besuchten wir Hadsch 'Ali nicht mehr, da wir uns nach der Aufspaltung der Nationalbewegung auf verschiedenen Seiten wiederfanden. So kam eine Freundschaft, von der wir geglaubt hatten, sie würde ein Leben lang halten, an ihr Ende.

Aus Kampfgefährten waren Gegner geworden. Die Politik, dieses Schmutzgeschäft, spaltet die Menschen wie es nicht einmal der Teufel vermag. Aber es war wohl unvermeidbar, dass wir uns voneinander entfernten. Die Menschen hatten sich gewandelt. Brüderliche Bande, wie die zur Familie Hadsch 'Ali, wurden gekappt.

Etwa ein Jahr nach seiner Ernennung hörten wir zu unserem großen Erstaunen, dass er seinen Posten gekündigt hatte. Wir hatten keine Ahnung, was ihn zu dieser Entscheidung veranlasst hatte. Damals wohnten wir in Rabat. Eines Tages ging ich in die Medina und kam zufällig an seiner Werkstatt vorbei. Das rhythmische Hämmern wurde lauter, je näher ich kam; die Tür war geöffnet. Hadsch 'Ali war über seinen Amboss gebeugt und behaute abwechselnd mit seinem Assistenten ein Stück Eisen. Als er mich bemerkte, hob er zum Gruß die Hand an die Stirn. Ich sah ihn prüfend an. Da stand er, in seiner Lederschürze, mit aufgekrempelten Ärmeln. Schweiß troff ihm von der Stirn und ein Lachen sprudelte aus der Tiefe seines Herzens hervor. Wie bei einem Mann, der nach einer Trennung zu seiner Frau zurückkehrt, dachte ich. Und dieser Gedanke setzte mir hart zu, als ich meinen Blick auf das Feuer, den Blasebalg und die stiebenden Funken richtete. Ich verglich diesen Mann mit demjenigen, den wir im Süden besucht hatten: Dieser hier war ein gewöhnlicher Handwerker, hatte sich in feiner Kleidung unwohl und eingeschnürt gefühlt und war lieber zu seiner befreienden Alltagskleidung zurückgekehrt. Seine Wende vom Qâ'id zum Schmied schien ihm keinerlei Probleme zu bereiten. Wieder in seiner Werkstatt, war er zu einem Qâ'id im wahren Sinne des Wortes geworden.

Bevor der Bus losfuhr, kam ein Mann mit einem wilden Bart herein, der sich ein Tuch um den Kopf gewickelt hatte. Er begann mit sich überschlagender Stimme zu singen und dazu auf einer Zimbel zu spielen. Als der Bus anfuhr, sammelte er Geld von den Fahrgästen und sprang hinaus auf die Straße.

In Kénitra hatten wir unseren nächsten Halt. Ein Wasserträger stieg zu, der uns aus einem prall gefüllten Schlauch Wasser verkaufte. Wir fuhren weiter. In der westlichen Ebene überquerten wir den Fluss, der jährlich über die Ufer steigt. Weiter ging es durch Orangen- und Zypressenhaine, bis wir Sûq al-Arba'a erreichten. Hier stiegen wir aus, während einige Passagiere über die Grenze weiter nach Tanger fuhren.

Wir stiegen aus und blickten uns um. Von weitem entdeckten wir den Markt. Als wir uns durch den Staub unseren Weg bahnten, wurden wir von Maultierwagen überholt, und ein Landrover der Marke Aspro fuhr an uns vorbei, einen Staubschwanz hinter sich herziehend. Aus dem Innern tönte laute Musik. Kinder liefen neben ihm her, so schnell sie konnten, um einen der begehrten Aspro-Werbehüte zu ergattern. Bis der Lastwagen den Markt erreichte, hüpften sie neben ihm her, dann stahlen sie sich davon, einen Hut auf dem Kopf, während wir weitergingen. Im Markt verströmte die Sonne ihr grelles Licht, ihre Strahlen mischten sich mit Staubpartikeln, und doch strotzten die Menschen vor Tatendrang, als seien Hitze und Staub der reinste Genuss.

Wie viele verschiedene Menschen man doch zu sehen bekam! Da saß eine Frau, die mit beredten Worten Insektenvertilgungsmittel verkaufte. Bis zu jenem Tag hatte ich gedacht, Eloquenz und Analphabetismus passten nicht zusammen. Ein Süßigkeitenverkäufer bahnte sich mit den Worten „Mulay Idriss!“ einen Weg durch die Menge. Und ein weiterer Trödler, dessen Schultern mit einer bunten Decke bedeckt waren, breitete vor den Interessenten seine Waren aus. Schließlich fanden wir uns vor dem Zelt eines Gewürzhändlers wieder, der einer alten Frau einen schwarzen Karneol verkaufte. Er trug Pluderhosen und einen glänzenden gelben Seidenturban auf dem Kopf.

„Das deckt nicht den Preis, Mütterchen“, sagte er zu der Frau und hob seinen Turban an, um sich mit der linken Hand an einer kahlen Stelle zu kratzen. Da war der sechste Finger! Faqîh und ich wechselten einen Blick.

Die Alte gab ihm den Karneol zurück und tat so, als wolle sie sich abwenden. „Hör mal, Rahâl …“, sagte sie dann.

Er war es!

„… mehr als achtzehn Dirham zahle ich nicht.“

„Gut, gut, achtzehn und nicht weniger, Dickschädel!“

Er wickelte den Karneol in ein Stück tintenverschmiertes Papier, das er aus einem Schulheft gerissen hatte. Dann ließ er sich von der Alten das Geld geben und sah zu uns herüber.

„Der Himmel ist blau“, sagte ich.

„Seht ihr den Feigenbaum da hinten? Wartet dort auf mich.“

Im Schatten des Baumes nahmen wir eine Mahlzeit zu uns, die wir auf dem Markt gekauft hatten. Eine leichte Brise erfrischte uns, und wir genossen das Treiben des Marktes, die Farben der herabsinkenden Sonne und den Anblick der Menschen, die sich auf den Heimweg machten.

Als Rahâl hinter seinem Maultier erschien, war der Markt leer. Wir folgten ihm Richtung Westen und gingen mit ihm durch die abgeernteten Felder, die von Strohgarben und Weizenhaufen übersät waren. Wagen fuhren an uns vorbei, die Marktleute nach Hause brachten, während die Welt um uns her langsam im sanften Rot der Abenddämmerung versank. Nur das ferne Blöken der Schafe war zu hören. In der Stille offenbarte sich die Größe des Schöpfers, die Sorgen der Politik verflüchtigten sich. Die Erde erstreckte sich vor uns wie ein Meer, als seien Faqîh, Rahâl und ich Wesen aus einer anderen Welt.

„Da wären wir!“, rief Rahâl und riss mich aus meinen Gedanken. Er wies auf ein Haus, das von Kaktushecken umsäumt war. Drei staubbedeckte Hunde und ein paar Kinder stürzten auf uns zu. Rahâl begrüßte die Kinder und befahl den Hunden, still zu sein. Sie senkten ihre Köpfe und trabten unserer kleinen Prozession voran zurück zum Haus, während die Kinder uns die Hände küssten.

Die weite Haustür öffnete sich zu einem schmutzigen, mit Wasser besprengten Patio. Die Zimmerchen gingen auf den Patio hinaus wie Läden auf einen Dorfplatz. Es gab einen Lehmofen sowie einen Stellplatz und Futtertröge für die Tiere.

Beim Eintreten wurden wir von einer Frau begrüßt, die ein Baby auf dem Rücken trug. Sie verneigte sich vor uns, streckte uns ihre Fingerspitzen entgegen und führte sie an die Lippen. Dann half sie Rahâl, vom Maultier abzusteigen und befreite uns von unseren Dschellabas. Wie ich bemerkte, zeigte sie keinerlei Erstaunen, als sie Faqîhs Dschellaba an sich nahm – wahrscheinlich war es nicht das erste Mal, dass sie unter Frauenkleidung einen Mann hervorkommen sah.

Um der Hitze des Hauses zu entgehen, nahmen wir unser Abendessen auf dem Dach ein. Der Mond schien, und ein einzelner Stern blinkte am Himmel. Wir schwiegen, bis Rahâl sagte: „So Gott will, trinken wir den Tee erst nach Erlangung der Unabhängigkeit. Die Entbehrung hat uns ja auch bisher nicht umgebracht."

Solange wir den Boykott gegen französische Produkte einhielten, versagten wir uns den Tee. Später bildeten wir eine Art Ausschuss, mein Mann, Ruqîya, Safîya und ich. Als wir eines Abends den Ruf zum Abendgebet hörten, legten wir die Hände auf den Koran und schworen, so lange den Tee zu boykottieren, bis die Franzosen abgezogen seien. Wir hätten ihn auch so nicht getrunken, aber dieser Schwur stärkte das Vertrauen in unsere eigenen Herzen.

„Oder hat es uns umgebracht, keinen Tee zu trinken?", fragte Rahâl.

Nein, es hatte uns nicht umgebracht. Der Himmel war jetzt von Sternen übersät. Faqîh legte sich auf ein Hammelfell und sah auf den blühenden Oleander, der im Mondlicht schimmerte, und auf die Bäume in der Ferne. Als wir ihn aus dem Augenwinkel betrachteten, sagte Rahâl: „Die Dinge werden besser werden. Du wirst sehen."

Wir fühlten eine gewaltige Stille um uns, die in der Reinheit und Wärme der wunderbaren Nacht nur von einer Symphonie zirpender Grillen durchbrochen wurde. Von weitem hörte man Hundegebell, in das Rahâls Hunde mit einstimmten.

„Mein Land wird von Fremden regiert, während ich von einem Ort zum andern flüchte, und hier zirpen die Grillen und Blumen schimmern im Mondenschein!", rief Faqîh bitter.

Dann kehrte wieder Stille ein. Nach einer Weile, die mir endlos vorkam, erhob sich erst Rahâl, dann standen auch wir auf. Vor dem Haus half Rahâl Faqîh, auf den Maulesel zu steigen, schwang sich vorne mit auf, und sie ritten davon. Die Frau setzte ihr Baby auf die Hüfte, und so begleiteten wir die Männer zu der Kaktusfeigenhecke, bis sie sich in den Feldern auflösten.

Der Scheich und ich treten in die verregnete Nacht hinaus. Als ich mich abwenden will, sagt er: „Und vergiss nicht!"

„Nicht vergessen?"

„Du sollst Wolle spinnen", erinnert er mich.

„Ach ja."

Er schließt die Tür zum Heiligtum ab. Ich gehe langsam durch den Regen, während andere Menschen rennen oder unter Dächern vor dem Regen Zuflucht suchen.

Hadsch 'Ali, Faqîh, Rahâl und seine Frau, so viele andere … Safîya, Ruqîya, Walter … Ich bin ihnen während des Unabhängigkeitskampfes begegnet, und ich habe sie alle lieb gewonnen. Was für eine Zeit! Man kann die Menschen nicht zurückholen, mit der Unabhängigkeit sind sie davongegangen. Aber nein. Ich habe Hadsch 'Ali wiedergesehen; Faqîh und Ruqîya haben uns in Rabat besucht. Aber als sie sahen, wie schlecht mein Mann mich behandelte, sind sie nicht wiedergekommen. Jetzt fragt keiner mehr nach mir. Wie sollten sie es auch wissen? Aber selbst wenn sie es wüssten, würden sie mich in diesem Loch besuchen, sie, die jetzt Qâ'ids und Paschas sind?

Wir verbrachten diese Nacht schlaflos auf dem Dach, bis Rahâl in der Morgendämmerung zurückkehrte. „Faqîh ist entkommen", sagte er. Er warf einen Blick auf seine Taschenuhr: „Jetzt müsste er schon in Tanger sein."

Faqîh kehrte nach Tanger zurück, als es wieder marokkanisch geworden war und in dem Zollhaus an der früheren Grenze die Ratten hausten. Als Rahâl an jenem Morgen allein zurückkam, zog mein Herz sich zusammen, und ich hatte Angst, alleine nach Casablanca zurückzufahren. Um ehrlich zu sein, konnte ich mir nicht vorstellen, dass er jemals zurückkehren würde.

Zu seiner Frau sagte ich an jenem Tag: „Glaub mir, Ruqîya, der Sultan wird wieder eingesetzt werden, und die Besatzungstruppen werden sich zurückziehen." Aber ich hatte selbst meine Zweifel.

In der Zeit danach organisierten Ruqîya und ich Streiks, sammelten Spenden und lernten lesen und schreiben. Und an einem Tag, den ich nicht vergessen werde, brannten wir Pinhas Laden ab. Wir verließen das Haus in schwarzen Dschellabas. Damals pflegten wir stets Trauerkleidung zu tragen, um die Vertreibung des Sultans zu beklagen. Wir würden sie tragen, bis er zurückkehrte. Erst dann würden wir wieder weiße Kleider anlegen wie Tauben.

In einem Korb aus Stroh trug ich eine kleine Flasche mit Benzin. Irgendwie mussten wir ja gegen die Vertreter des Kolonialismus vorgehen. Wir hatten ihn gewarnt, aber er verkaufte weiterhin die boykottierten Zigaretten. Die spanische Allee war voller Frauen, die auf dem Pflaster und von ihren Wagen Gemüse kauften und verkauften. Bei einer Frau, die Salat anbot, blieben wir stehen und begannen zu feilschen. Zu Pinhas war es nicht mehr weit, wir sahen schon seinen Hut hinter dem Café Le Petit Marocain. Als wir eintraten, nahm er die Zeitung herunter, sodass sein schwarzer Bart sichtbar wurde.

„Könnten Sie mir die Mappe dort zeigen?", fragte Ruqîya ihn.

Als er eine Leiter herbeiholte und hinaufstieg, griff ich nach dem Flaschenhals, zog den Korken aus der Flasche und schüttete das Benzin in meinen Korb. Mit einem Streichholz zündete ich es an und warf den Korb zwischen die Kisten und Säcke.

Dann rannte ich hinter Ruqîya aus dem Laden heraus. Sie schleppte ihren massigen Körper über den Boden, sodass sie aussah wie ein einziger Klumpen, während ich leicht wie der Wind dahinflog.

Als ich schon eine gute Strecke zurückgelegt hatte, riefen mir ein paar Mädchen zu: „Lauf, sonst holen sie dich ein!"

Ich wandte mich um und sah sie direkt hinter mir. Einer hatte schon die Kapuze meiner Dschellaba zu fassen bekommen, aber sie löste sich und blieb in seiner Hand. Mit dem Fuß verhedderte ich mich in der Schlaufe eines großen Korbs, konnte ihn aber nicht abschütteln und lief damit weiter, bis ich mich in eine Gasse retten und verschnaufen konnte. Auf der linken Seite stand ein Wägelchen mit Schalen und Töpfen, in denen Schnecken gekocht wurden, dahinter fanden sich ein Gewürzhändler sowie ein Restaurant, das *Harira*-Suppe verkaufte; auf der rechten Seite eine leicht geöffnete Haustür. Ich stieß die Tür auf und sie fiel hinter mir ins Schloss. Im Innenhof saß eine Gruppe Frauen, die Gemüse schälte.

„Ich bin eine Feda'in, eine Freiheitskämpferin!", rief ich.

Die Frauen versammelten sich um mich, nahmen meine Dschellaba und den Korb an sich und brachten mich ins obere Stockwerk. Von dort aus konnte ich die sich nähernden Männer sehen, unter ihnen Pinhas und ein Polizeihund, dem sie ein Stück Stoff unter die Schnauze hielten. Ich wusste, dass es von der Kapuze meiner Dschellaba stammte. Darum wandte ich mich den Frauen zu und sagte: „Ich mache mich besser auf und davon."

Aber die Frauen hinderten mich daran wegzugehen, ich kehrte zum Fenster zurück. Als sich eine Menschenmenge anzusammeln begann, versperrten die Männer den Eingang zur Gasse. Der Hund drehte sich um sich selbst, als habe er den Verstand verloren. Wütend rief ihn einer der Männer mit einem Schimpfwort zurück.

„Der Hund kapiert gar nicht, worum es geht!", sagte eine der Frauen verwundert.

„Wie sollte er es auch wissen, der Arme, bei all den Gerüchen nach Schnecken, Suppe und Gewürzen?", erwiderte eine andere.

Sie lachten aus vollem Herzen und vertrieben damit meine Angst. Ich ließ meine Dschellaba bei ihnen, zog mir eine andere über und machte mich auf den Weg. Ich sah diese Frauen nie wieder.

Ich traf Ruqîya an ihrer Wohnungstür. Wir setzten uns hin und erzählten uns aufgeregt, was jedem von uns widerfahren war. Gott hat diese Frau gesegnet; sie war fähiger als ihr Mann, auch standhafter. Ohne diese beiden hätte ich nie geschafft, was ich geschafft habe. Nach dieser Mission flossen mir die Aufträge für den Widerstand nur so zu, und teilweise führte ich sie allein aus. Wenn meine Großmutter aufgetaucht wäre und festgestellt hätte, dass ich Feuer legte, Waffen schmuggelte und Männern zur Flucht verhalf, wäre sie zum zweiten Mal gestorben. Aber hätte ich es mir selbst je zugetraut? Meine Familie, möge Gott ihr gnädig sein, hatte mir ein anderes Leben zugedacht, und nun spottete das Schicksal ihrer Pläne.

„Nein, nein! Ich werde nicht töten!“, sagte ich eines Abends zu meinem Mann.

„Sie haben dir eine neue Aufgabe übertragen. Der Erfolg der letzten Mission hat bestätigt, dass du dazu in der Lage bist.“ Ein feines Lächeln huschte über sein Gesicht.

Besorgt fragte ich: „Worum handelt es sich?“

Wie es seine Art war, hatte er sofort die Antwort parat: „Waffen.“

„Nein, ich werde nicht töten.“

Das Lächeln verschwand, und sein Gesicht verfinsterte sich. „Wer redet hier von töten? Töten ist Männersache“, sagte er ärgerlich.

Meine Gelassenheit kehrte zurück. „Dann sind wir ja einer Meinung.“

Er holte Luft und schwieg so lange, bis sein Ärger sich gelegt hatte. „Du sollst nur Waffen nach Khemisset bringen“, fügte er beschwichtigend hinzu.

„Einverstanden.“

Er überhäufte mich mit Instruktionen und Informationen, die mich so nervös machten, dass ich den Abend der Brandstiftung noch einmal zu erleben meinte. Wieder hatte ich die Hunde vor Augen, und Pinhas auf seiner Leiter, und den Korb, der wie eine Bombe explodierte. Als ich mich daran erinnerte, wie ich in der Schlaufe des großen Korbs hängen geblieben war, musste ich lachen.

„Was lachst du?“, fragte er mich.

Mein Lachen wurde lauter in der Dunkelheit. „Ich musste daran denken, wie sie mir die Kapuze weggerissen haben und ich dann mit dem Korb am Fuß weiterlaufen musste.“

„Diesmal passt du auf, wo du hintrittst!“, erwiderte er, ohne mit der Wimper zu zucken.

Ich sagte nichts mehr, sondern betete die ganze Nacht, dass meine morgige Mission gelingen möge.

Am nächsten Morgen erwachte ich mit fiebrigem Kopf, der Boden wankte unter meinen Füßen. Ich befestigte den Gurt an meiner Taille und steckte die in einen Lappen gewickelten Pistolen unter mein Gewand. Ich erinnerte mich daran, was mein Großvater zu sagen pflegte: „Sie teilte ihren Gurt und band die eine Hälfte um ihren Körper und die andere Hälfte um den Proviant. Dann stahl sie sich aus Mekka davon …“ An dieser Stelle hielt er inne, und es dauerte einen Moment, bis er Atem geholt hatte. Unterdessen hatte ich meinen Spaß daran, seine feigengroße Nase zu betrachten. Dann lobpreiste er den Propheten und seine Gefährten, während ich meinen Blick auf seinen Bart heftete, der im Erzählen zitterte und bebte. Schließlich glitt ich in den Schlaf. Durch einen dünnen Schleier hindurch nahm ich das Bild Asmas mit, wie es sich durch die Erzählungen meines Großvaters in meiner Vorstellung gebildet hatte. Der Vergleich berührte mich. Im Endeffekt war der Kampf doch immer der gleiche, und durch die Jahrhunderte hindurch hatten die Frauen immer eine Rolle darin gespielt.

Während der Bus die Strecke nach Khemisset zurücklegte, war mir übel, als hätte ich die Nacht zuvor auf einem Hochzeitsfest verbracht. Ich war eingeschlafen, und als ich wieder aufwachte, hatte ich vergessen, wo ich war. Ich meinte, Faqîh neben mir sitzen zu haben, und verfluchte den Teufel. Wir kamen an, ich stieg aus und ging ein Stückchen, bis ich Stimmengewirr hinter mir hörte, in das sich französische Wortfetzen mischten. Ich blieb stehen, wandte mich um und sah einen Militärlastwagen, von dem Soldaten absprangen. Ob sie mir seit Casablanca auf der Spur waren? Ich tastete nach den Pistolen. Aber die Männer gingen an mir vorbei in ein französisches Café, aus dem Lärm drang. Ich seufzte erleichtert auf und setzte meinen Weg fort. Zweimal fragte ich nach der Adresse und fand schließlich den Ort. Eine große Menschenmenge und Polizeiwagen hatten sich dort versammelt. Wieder tastete ich nach den Pistolen und fragte eine tätowierte Frau, was geschehen sei. Ein Widerstandskämpfer hatte einen Mann getötet, und jetzt durchsuchte die Polizei die ganze Gegend.

Warum musste er ihn ausgerechnet heute, um diese Uhrzeit, umbringen?

Ich änderte meine Absicht und schlenderte weiter, kehrte aber bald zu der Unglücksstelle zurück. Schließlich entdeckte ich ein Kino, kaufte mir eine Eintrittskarte, setzte mich in den dunklen Saal und sah mich um. Zu meiner Rechten saß ein junger Mann, völlig in Bann genommen von dem Film. Die Sitze zu meiner Linken waren nicht besetzt. Was, wenn sie auch diesen Saal durchsuchten? Ich legte die Pistolen auf den Boden, schob sie mit der Ferse unter den Sitz vor mir und ging hinaus.

Die Menge hatte sich aufgelöst. Der zugedeckte Körper lag auf dem Bürgersteig und war deutlich zu sehen. Ich setzte mich hin und betrachtete ihn, bis der Krankenwagen kam und die Leiche fortschaffte. Es folgte die Polizei, und ich ging weiter. Unter der Adresse fand ich einen Laden, in dem ein Mann Matten und in der Gegend angefertigte Teppiche verkaufte. Auf dem Kopf hatte er einen auf Berberart gewickelten Turban.

Ich ging näher heran und sagte wie beim letzten Mal: „Der Himmel ist blau."

„Hast du die Pistolen?"

„Sie sind an einem sicheren Ort."

Er kam aus seinem Laden hervor, ich folgte ihm. Auf einer freien Fläche hinter den Häusern sagte er: „Ich werde hier auf dich warten."

Ich ging zurück zum Kinosaal, ließ mich noch einmal zu meinem Platz führen. Mit meinem Fuß holte ich das Bündel unter dem Stuhl heran und bückte mich. Der Film war zuende, die Lichter gingen an und die Zuschauer drängten zu den Türen.

Als ich nahe genug an den Mann herangekommen war, eilte er auf mich zu, ich übergab ihm die Pistolen und ging zurück zum Busbahnhof.

## 4

Auf dem Gebrauchtwarenmarkt ist wie gewöhnlich viel los. So war es schon immer. Meine Mutter liebte diesen Markt – um zu verkaufen und zu kaufen. Sie hatte einen recht erlesenen Geschmack.

Ich kaufe Wolle und Gerätschaften zum Verarbeiten. Ich gebe zwar mein ganzes Geld aus, habe aber das Gefühl, meine Ketten zu sprengen. Ich werfe den Kopf in den Nacken, blicke in den makellosen Himmel, atme tief durch und danke Gott. Dann kehre ich nach Hause zurück. Meine Freude wird nur durch die Angst getrübt, dass sie nicht von Dauer sein wird. Ich setze mich, betrachte, was ich erstanden habe, und beginne mit der Arbeit. Sie ist erstaunlich inspirierend. Ich arbeite hartnäckig, als hätte ich Vergeltung zu üben.

Wo sind Kummer und Hoffnungslosigkeit? Nichts ist von Dauer – weder Gefühle noch Taten. Es ist, als stieße ich eine Tür zu etwas Fremdem im Bewusstsein oder in einem Traum auf. Dennoch erinnere ich mich, dass ich damals etwas geahnt hatte.

„Hab keine Angst“, hatte er gesagt.

Doch ich bekam nur noch mehr Angst.

„Ich bin Raschîd."

Er war ein algerischer Kollege meines Mannes.

„Sie haben deinen Mann heute Morgen verhaftet."

Ich hatte gedacht, dies sei der schrecklichste Moment meines Lebens gewesen, bis zu dem Tag, als er sich zu mir setzte und ohne mit der Wimper zu zucken sagte: „Ich werde dir deine Papiere zukommen lassen, mit dem, was das Gesetz vorsieht". Dieser Schuft! Hätte ich es damals gewusst, ich hätte mir eine Menge Kummer erspart. Aber ich wusste es nicht. Die Wohnung hatte sich mit Menschen gefüllt, während ich – den Kopf eingehüllt - jammernd und klagend den Oberkörper hin- und herwiegte. Man hatte ihn beschuldigt, einen Streik organisiert zu haben. Als ich ihn wiedersah, erkannte ich ihn kaum. Er war abgemagert, seine Wangen sahen aus, als hätte jemand mit dem Hammer auf sie eingeschlagen. Je länger ich ihn ansah, desto mehr drängte sich das Bild des Hammers auf, und Schmerz und Ekel überkamen mich. Oh Herr, werden wir je vergessen, was Frankreich uns angetan hat?

Wie schnell wir vergessen! Frankreich schwächte uns, indem es uns verwundete. Ich hatte immer gedacht, wir seien durch ein Meer aus Blut voneinander getrennt, das nicht zu überbrücken war. Ich konnte mir nicht vorstellen, dass je wieder diplomatische Beziehungen zwischen uns herrschen, Verträge abgeschlossen werden oder Arbeiter in dieses Land auswandern würden! Nein, ich konnte es mir nicht vorstellen. Aber nach der Unabhängigkeit sagten manche: „Auch wir haben Frankreich verwundet. Und eine große Nation lebt nicht in der Vergangenheit."

Sie verurteilten ihn und brachten ihn nach 'Âdir. Ich hatte von dem Ort gehört, aber ich wusste nicht, wo er lag oder wie man dorthin kam. Ich fragte Ruqîya und machte mich eines Morgens, als die Ausgangssperre aufgehoben worden war, mit ihr auf den Weg. Ein Angestellter der Busfirma bezahlte unsere Fahrscheine aus eigener Tasche. Als wir ihn daran hindern wollten, sagte er, die Häftlinge würden mit Tagen ihres Lebens bezahlen. Er begleitete uns zum Bus und wies den Fahrer an, uns in 'Âdir abzusetzen. Die Passagiere drehten sich nach uns um und sagten: „Ihre Männer sind im Gefängnis …"

Der Bus fuhr los, Richtung Süden an der Küste entlang, rechts der Ozean, links Weiden und nicht enden wollende Felder, die Kornkammer Marokkos. Gesegnet sei Gott!

„Der *Gharb* ist genau das Gegenteil", sagte ich zu Ruqîya. „Ein bisschen Grünzeug und Gemüse, aber vor allem werden Apfelsinen angebaut. Und die Erde ist schwarz."

Wir erreichten Mulay Bûscha'ib, eine nach dem frommen Heiligen benannte Kleinstadt, an deren geschichtsträchtigen Stadtmauern der Fluss Umm-Rabî' Richtung Meer fließt. Am Hauptplatz hielten wir an. Einige gingen ihrer Wege, andere stiegen aus, um mit einem Abendessen zurückzukehren, und Träger hievten das Gepäck neu Zugestiegener auf das Dach des Busses. Dann setzten wir unseren Weg durch die Felder fort, bis der Busfahrer rief: „Hier aussteigen, wer zum Gefängnis will!"

Mit einigen anderen Männern und Frauen stiegen wir aus. Der Helfer des Fahrers kletterte schnell auf das Dach und reichte unsere Körbe einem Mann auf einer Leiter, der sie zu den anderen Männern weiterreichte. Als der Bus davonfuhr, sah ich mich um: nichts als Wildnis.

Die Männer luden sich auf, was sie tragen konnten, und schlugen einen kleinen Weg ein, während die Frauen ihnen mit dem folgten, was übrig geblieben war. Der Weg verlief zwischen üppig beblätterten Eukalyptusbäumen, deren Stämme weiß gekalkt wirkten. Unsere kleine Prozession hielt mehrere Male an: Die Frauen setzten sich auf ihre Taschen, die Männern kauerten sich in die wenigen Flecken Sonne, die zwischen den Blättern hindurchschien.

„Wie weit ist es noch zum Gefängnis?“, fragte ich einmal.

Und sie antworteten: „Sieben Kilometer von der Bushaltestelle.“

Der Weg endete auf einer Anhöhe, von der aus man das Gefängnis am Ende eines freien Feldes sah.

„Wartet hier!“, rief uns ein Wachmann zu, als wir dem Tor näher kamen. „Die Häftlinge sind noch nicht von den Feldern zurückgekommen.“

Wir setzten uns in den Schatten von Bäumen und verrichteten erst das Mittags-, dann das Nachmittagsgebet. Als endlich in Reih und Glied die Häftlinge auftauchten, eilten wir ihnen entgegen und versuchten sie anzurufen, aber der Wachmann trat dazwischen. Er holte ein Namensverzeichnis hervor und hieß uns auf einen Platz treten, auf dem die Häftlinge hinter einer weißen Linie hockten. Hinter einer Parallel-Linie durften wir Platz nehmen. Mein Mann fragte mich nach Neuigkeiten über Faqîh, aber der Wachposten stand direkt über unseren Köpfen. Wir konnten also nur über Allgemeines sprechen. Ich händigte dem Wachmann den Inhalt meines Korbs aus, und er reichte ihn an meinen Mann weiter. Als er sich entfernte, fragte ich: „Was soll ich dir nächstes Mal mitbringen?“

„Du solltest erst in einem Monat wiederkommen. Es gibt ein Problem mit den Unterkünften.“

„Daran hatten wir nicht gedacht“, sagte Ruqîya.

„Hinter dem Gefängnis werdet ihr einen Mann namens Walter finden, ein deutscher Wachmann, der mit einer Marokkanerin verheiratet ist.“

„Ein Christ, der uns sein Haus öffnet?“, fragte ich verwundert.

„Sie sind nicht alle gleich. Und dieser liebt die Marokkaner besonders.“

Ein Pfiff ertönte und der Wachmann brachte meinen Mann weg. Er wandte sich nochmals um und sagte: „Grüßt mir Casablanca.“

Eine Frau trocknete ihre Tränen mit einem schwarzen Schleier.

Hinter dem Gefängnis fanden wir Walter, einen mittelgroßen, beleibten Mann mit sehr heller Haut. Als er uns sah, fragte er: „Gehört ihr zur Familie Si Muhammads?“

„Ja“, sagten wir zögerlich. Wir waren einen freundlichen Umgang mit Europäern nicht gewöhnt.

„Kommt mit!“

Wir folgten ihm einige Schritte durch ein Weizenfeld. Alles lag still im Licht der Abenddämmerung. Die Stille wurde nur durchbrochen vom Wind, der durch das Saatfeld strich. Wir gelangten zu zwei Hütten, vor denen ein paar Hühner herumpickten.

„Fâtna!“, rief er.

Eine braungebrannte, breitschultrige Frau kam aus dem Haus, begleitet von zwei kleinen Mädchen, deren schwarze Zöpfe zu einem Kranz um ihre Köpfe gewunden waren und unter deren Röcken die Falten der ortsüblichen Hosen hervorlugten.

„Wir haben Besuch.“

„Seid willkommen“, begrüßte sie uns. Ein angeketteter Hund fing an zu bellen, aber sie jagte ihn in ihrem Dialekt weg. Gebückt betraten wir die Hütte. Sie zündete eine Lampe an, die an einer Stange befestigt war, und räumte eine Matte und ein paar bemalte Truhen frei. Dann nahm sie uns unsere Dschellabas ab, bedeckte die Matten mit einer Überdecke und ging hinaus. Wir setzten uns. In der abendlichen Dunkelheit sahen wir das Gefängnis, die Gitterstäbe seiner eisernen Fenster waren in weiter Ferne.

Fâtna kehrte mit einem der Mädchen zurück, das einen geschlachteten Hahn in der Hand hielt und sich daran machte, ihn zuzubereiten, während Fâtna im Lehmofen ein Feuer entfachte. Was für eine Harmonie! Der Mann trat mit zwei weiteren kleinen Mädchen ein. Er hockte sich im Schneidersitz hin und setzte sich auf jedes Knie eines. Während ich die drei betrachtete, durchfluteten mich die verschiedensten Gefühle, von Zuneigung bis Widerwillen. Alles, was ich in meiner Kindheit über Europäer gehört und gesehen hatte, hatte zu der Meinung geführt, dass sie Menschen einer völlig anderen Gattung seien. Ich wusste nicht einmal, was sie eigentlich aßen! Ich ließ meine Blicke umherschweifen und sah den Rücken eines Huhns, das an der Tür der Hütte herumpickte, während sich auf Fâtnas Gesicht das Licht spiegelte.

Die Tür geht auf und meine Nachbarin tritt ein.

„Hab ich's mir doch gedacht, dass du noch arbeitest! Sonst bist du um diese Uhrzeit nicht mehr auf."

„Um diese Uhrzeit? Spionierst du mir nach?"

„Ich bin nur gekommen, um dir zu sagen, dass um neun Uhr der Strom abgeschaltet wird."

Sieh einer an. Immer erfinden sie Ausreden, diese Frauen.

Ich bin fast fertig mit dem Kämmen der Wolle. Nur meine Gedanken machen wieder Sprünge. Die Wolle ist nicht so geworden, wie ich es wollte. Und auch ich werde mich erst ändern, wenn ich mein Gemüt wieder richtig im Griff habe. Jetzt muss ich erst einmal schlafen. Das Licht im Haus geht aus, und meine Nachbarin geht mit einer Kerze zurück.

Ich bin völlig erschöpft, wie damals, wenn ich von einem der Gefängnisbesuche zurückkehrte. Dieselbe Erschöpfung.

Doch einmal wurde ich von Freude erfüllt, als ich von einer Frau darüber informiert wurde, dass mein Mann bald nach

Ghubaila[1] gebracht würde. Ich war gerade von einer Demonstration zurückgekommen, die zum Empfang Gran Vals organisiert worden war, wie man ihn nannte. Man sagte, er sei der neue „Résident Général“, der die Rückkehr Ben Yûssufs und den Rücktritt Ben ’Arfas verlangte. Er wirkte größer als er war, trug stets ein weißes Jackett und fuhr in einem weißen Wagen, sein kohlrabenschwarzes, glänzendes Haar zurückgekämmt. Wenn er winkte, scharten sich die Menschen um ihn wie um einen Hochzeitsumzug.

Ich dankte der Frau, und sie ging ihres Weges. Am nächsten Morgen besuchte ich mit Ruqîya das Gefängnis. Die Wächter teilten das Brot und zerbrachen den Zuckerhut, dann klebten sie den Namen meines Mannes an den Korb und stellten ihn auf ein großes Brett, das von zwei Männern davongetragen wurde.

Wir gingen durch das Eingangstor des Gefängnisses. Unsere Namen wurden auf eine schwarze Tafel geschrieben und mit Nummern versehen, deren Summe man unten auf der Tafel festhielt. Man führte uns in eine Halle mit zwei Trennwänden, zwischen denen Wachleute standen. Als wir eintraten, herrschte lautes Stimmengewirr. Ich suchte meinen Mann. Als ich ihn gefunden hatte, fragte ich ihn nach seinem Befinden, aber seine Antwort verlor sich in dem Lärm. Ich zog meinen Schleier herunter und drückte mich an die Trennwand, um seine Worte zu hören.

„Nicht mehr lange, und ich werde freikommen“, hörte ich ihn sagen.

---

[1] Zentralgefängnis von Casablanca.

Er hätte die politischen Nachrichten auch auf dem Grunde des Meeres in Erfahrung gebracht!

„Ist es nicht so?"

„Ja, es sieht so aus."

Er bat mich, ihm beim nächsten Mal eine Dschellaba und einen Schleier mitzubringen, dann fragte er mich nach politischen Neuigkeiten. Ich erzählte ihm von den Ereignissen in Wâd Zem und im Rîf und dass die französische Linke unsere Partei ergriffen habe.

„Was sonst noch?", fragte er mich.

„Ben Yûssuf ist auf dem Weg nach Frankreich."

Sein Gesicht strahlte vor Glück, und er schlug mit der Hand auf die Trennwand. Sofort klapperte ein Wächter mit seinem Schlüsselbund und rief: „Keine Gespräche über Politik!"

Schon am nächsten Tag kehrte ich zurück und reihte mich in die Schlange der Wartenden ein. Eine Frau stellte ihren Korb vor das Gefängnistor, doch ein Wachmann befahl ihr, ihn wegzuräumen. Als sie sich weigerte, verpasste er dem Korb einen Tritt, und Apfelsinen rollten über die Auffahrt. Die Frau sammelte sie ein und zog, auf Frankreich schimpfend, von dannen. Als der Wachmann uns herbeirief, drängten wir uns um das Tor. Zum ersten Mal war weniger Wachpersonal zu sehen. Nur ein Wachmann zählte uns und schrieb unsere Nummern auf die Tafel. Dann ging er in sein Büro. Ein Mann nutzte seine Abwesenheit aus, wischte die Zahl weg und ersetzte sie durch eine andere.

Die Trennwände in der Halle waren offen, sodass die Häftlinge sich zum ersten Mal frei zwischen den Besuchern bewegen konnten – ein Zeichen der Entspannung. Mein Mann lächelte und fragte sofort nach den Neuigkeiten.

„Die Verhandlungen sind zuende, und Ben Yûssuf ist unterwegs“, sagte ich. „Er wird am 18. ankommen.“

Sein Lächeln wurde breiter. „Hast du Dschellaba und Schleier?“

Ich öffnete meine Dschellaba an der Seite und zog die beiden Kleidungsstücke unter meinem Rock hervor. Sie fielen zu Boden. Mein Mann bückte sich schnell und hob sie auf.

„Wir bangen um einen Mithäftling. Er soll getötet werden.“

„Willst du ihm zur Flucht verhelfen?“

Er antwortete nicht, sondern verschwand zwischen den Menschen, um nach wenigen Minuten mit einem Sträflingsanzug in der Hand zurückzukehren. Ich stopfte ihn unter meine Dschellaba und befestigte ihn rasch an dem Gürtel meines Rocks. Dann ließ ich die Dschellaba wieder herab.

Auch als ich später nach Rabat zog, hatte ich diesen Anzug immer bei mir. Am Tag meiner Scheidung nahm ich ihn sogar mit in mein Dorf.

Ruqîya erwartete mich an ihrer Wohnungstür, zusammen mit einer anderen Frau, die Faqîh in ihrem Haus versteckt hatte und die Safîya hieß. Ich hatte sie kennen gelernt, als die Unabhängigkeit kurz bevor stand. Sie half uns beim Sammeln von Spenden und im Kampf gegen den Analphabetismus. Ich küsste die beiden und wir betraten die Wohnung.

Als wir uns in unseren Dschellabas hingesetzt hatten, sagte Ruqîya: „Es wurde beschlossen, in unseren Vierteln Frauenzusammenkünfte abzuhalten.“

„Wir drei sollen das Treffen für den Stadtteil Bûschentûf in die Hand nehmen“, fügte Sufîya hinzu.

Wir kamen überein, das erste Treffen zwei Tage später bei Ruqîya zu organisieren. Jede von uns sollte fünf Frauen darüber informieren, die es wiederum fünf weiteren Frauen mitteilen sollten, bis wir eine Gruppe beisammenhatten.

Unser Plan ging auf. Zum verabredeten Zeitpunkt drängten sich die Frauen in Ruqîyas Wohnung. Im Hof hielten wir drei ihnen lange Vorträge über die kritische Phase, die unser Land durchmachte, über das „neue Marokko“ und darüber, dass wir, wie es der Sultan ausdrückte, den wahren, großen Dschihad für die Entwicklung und die wirtschaftliche Unabhängigkeit führen müssten. Wir berichteten den Frauen davon, dass die nationalistische Bewegung beschlossen habe, jeder Bürger solle so viel wie möglich zu den Spenden beisteuern. Die Frauen stellten Fragen über Fragen. Zu unserem großen Erstaunen wussten sie über manches besser Bescheid als wir.

Ruqîya beantwortete gerade eine Frage zur Verwendung der Spenden, als sie zufällig zur Tür schaute und ihre Rede abrupt unterbrach. Wir drehten uns um, und da stand Faqîh und sah lächelnd in die Runde. Vor Überraschung war es zunächst mucksmäuschenstill. Doch dann begann eine Frau in Ju-Ju-Rufe auszubrechen, eine zweite stimmte ein, dann eine dritte, bis alle Frauen trillerten und das Haus fast erstickte. Wir umringten ihn und küssten ihm die Hand, als sei er gerade vom Hadsch, der Pilgerfahrt nach Mekka, zurückgekehrt.

Nach und nach verließen die Frauen die Wohnung. Als nur noch wir drei mit Faqîh geblieben waren, setzten wir uns, und er fragte nach den Ergebnissen unseres Treffens.

„Zunächst einmal wollen wir uns im Kampf gegen den Analphabetismus stark machen", sagte ich.

„Wir organisieren eine Feier zum 18. November", fügte Safîya hinzu.

„Und wir sammeln Spenden", warf ich ein.

„Ich bin die Schatzmeisterin", sagte Ruqîya stolz.

Faqîhs Gesicht verfinsterte sich, und er sagte etwas, was mein Mann wenig später wiederholen sollte und was einen Schatten auf unsere Ausgelassenheit warf: „Ich akzeptiere – unter der Bedingung, dass du die Geldbörse nicht in meinem Haus aufbewahrst."

Ging die Epoche des Aufrichtigseins und des Vertrauens schon zu Ende? Sollte sie vielleicht schon zu Ende sein? Die Vorbereitungen waren bereits getroffen, Taten folgten. Es stimmte: Prinzipien waren ein zerbrechliches Gut. Wie Recht hatte doch der Scheich beim Heiligtum!

Mit derselben Entschlossenheit erwiderte Ruqîya: „Ich akzeptiere deine Bedingung. Für jede Spende über fünfzig Francs gibt es ohnehin eine Quittung."

Ihr Mann lehnte es jedoch kategorisch ab, Spenden in seinem Haus zu verstecken, während ich mich damit entschuldigen musste, dass unsere Wohnung zu klein sei. Schließlich erklärte sich Safîya bereit, das Risiko auf sich zu nehmen, und löste dieses Problem, das uns beinahe alles verdorben hätte.

Am späten Nachmittag kehrten wir mit den Spenden des ersten Tages zurück. Wir setzten uns. Ruqîya hielt die Geldbörse fest unterm Arm, bis ein Repräsentant der Unabhängigkeitsbewegung kam. Als er Platz genommen hatte, leerte sie den Erlös auf ein Taschentuch. Wir zählten das Geld und gaben es dem Mann. In seiner Gegenwart sortierten wir auch die gespendeten Gegenstände: Haushaltswaren aus Silber und Kupfer, Schmuck und Kleider. Es waren einige wertvolle Sachen darunter.

Als wir fertig waren, sagte Ruqîya: „Es ist Zeit für den Unterricht."

Mit Heften und Stiften ausgestattet, machten wir uns auf den Weg. Am Eingang zur Gasse sagte ich: „Die letzte kommt mit dem Abendgebet."

„Deine Sprichwörter sind immer so rätselhaft", sagte Ruqîya.

Ich erklärte ihr: „Eine Nachbarin meiner Großmutter hatte einen Sohn, der ein ausgemachter Flegel war. Er verbrachte seine Tage auf der Straße und kam erst mit dem Abendgebet heim. Den ganzen Tag über, bis zum Ruf zum Abendgebet, kamen Leute vorbei und beschwerten sich über ihn. Wenn der Sohn abends nach Hause kam, sagte seine Mutter: ‚Der letzte kommt mit dem Abendgebet.'", erklärte ich.

„Und wir kämpfen mit dem Abendgebet gegen den Analphabetismus!", sagte Ruqîya lachend.

„Vieles macht mir Angst. Die Zeit vergeht so schnell", sagte Safîya.

„Wir erleben die Unabhängigkeit!", sagte ich. „Ist dir klar, was es für einen Menschen bedeutet, in einer solchen Zeit leben zu dürfen?"

Aber Safîya sprach weiter, als hätte sie mich nicht gehört. „Trotz allem habe ich das Gefühl, dass meine Seele reift."

„Ich auch!", riefen Ruqîya und ich gleichzeitig, und alle drei lachten wir ein erfrischendes Lachen.

In diesen Tagen erreichte uns die Nachricht, dass die Häftlinge frei gelassen würden. Die ganze Nation begab sich in weißer Kleidung zum Gefängnistor. Alle redeten fröhlich durcheinander, lachten grundlos und dankten dem Allmächtigen für den Wandel, den er gebracht hatte. Das Bewusstsein göttlicher Macht nahm zu, als das Gefängnistor sich öffnete und die Gefangenen, einer nach dem anderen, heraustraten – wie bei einer Hochzeit, nur noch fröhlicher!

Kurze Zeit später fanden die Feierlichkeiten zum 18. November statt. Mir fehlen die Worte, sie zu beschreiben. Casablanca verwandelte sich in ein einziges Fest voller Bühnen und

Lautsprecher. Lieder, Reden und Vorführungen wechselten sich ab; der Duft nach Tee, der am Straßenrand zubereitet wurde, lag in der Luft. Von unserer eigenen Feier auf dem Dach konnten wir dem Treiben in der Stadt mit ihren schwimmenden Lichtern und ihrem grenzenloses Rauschen zusehen.

Wir hatten kaum Zeit zum Atemholen, da fuhren wir auch schon nach Rabat. Wir stiegen in einen öffentlichen Bus, Ruqîya setzte sich auf die Motorhaube, winkte mit einer Flagge und rief Slogans. Erinnerte ich sie später daran, sagte sie lächelnd: „Wir müssen verrückt gewesen sein!“

Auf allem, was Räder hatte, bewegte sich eine einzige große Menge in Richtung Rabat. Ich weiß nicht, wie viele Stunden die Reise dauerte und woher wir Kraft und Eifer nahmen. Wie erlebten wir diese Reise, und wie passten wir alle in den Palastgarten? Keine Ahnung! Meine einzige Sorge war, schnell voranzukommen. Ich wurde von einer seltsamen Kraft getrieben. Ich kannte den Sultan und erinnerte mich genau an sein Gesicht, obwohl ich ihn nur einmal gesehen hatte - als er übers Meer aus Frankreich zurückkehrte und in Casablanca an Land ging, wo er von beduinischen Reitern auf bunten Sätteln begrüßt wurde. Ich stand mit der Menschenmenge am Rand und winkte, als er vorbeikam. Auch wenn ich sein Gesicht nur aus dem Augenwinkel sah, behielt ich es gut im Gedächtnis. Ein warmes Gefühl der Zuneigung stieg in mir auf, als blickte ich nach langer Abwesenheit in das Gesicht eines vertrauten Menschen.

Als man den Sultan absetzte, griff die allgemeine Traurigkeit auch auf mich über. Casablanca fiel in die Hände von Ifrits[1]; wir begannen, ihn im Mond zu sehen. Er nahm im Exil das Schicksal Frankreichs in Marokko in die Hand – nicht umgekehrt.

Am Tag der Unabhängigkeit erschien er, begleitet von seinen beiden Söhnen, auf dem Balkon seines Palastes. Am Mechouar erhob sich ein Toben, Jubeln und Trillern. Die Menschen lachten und weinten, so stark war seine Wirkung! Das Exil hatte ihm einen Heiligenschein verliehen. Um seinetwillen waren die Menschen der Widerstandsbewegung beigetreten, als wäre er eine Idee, ein Prinzip. Wäre er nicht im Exil gewesen, alles hätte viel länger gedauert – dessen bin ich mir sicher. An seines Vaters statt hielt der Kronprinz eine Rede, und die Menge tobte. Was ich an jenem Tag auf dem Mechouar sah und hörte, hält keinem Vergleich stand.

Was für eine Rede! Noch oft habe ich sie mir später im Radio angehört. Ich lernte sie damals auswendig und kann sie noch heute aufsagen. Mit der Erinnerung an die Gefühle kehrt auch der Tonfall des Prinzen zurück und die Art, wie er die Vokale in die Länge zog.

Sogar die Kinder hörte man in jenen Tagen die Rede aufsagen: „An diesem glücklichen Tag hat Gott uns zweierlei Gnaden gewährt: die Gnade, nach langer, schmerzlicher Abwesenheit in das geliebte Vaterland zurückzukehren, und die Gnade, das Volk, dem wir treu geblieben sind und dem wir aller Drang-

---

[1] Ifrit: Dämon, Kobold.

sal zum Trotz unser Versprechen gehalten haben, versammelt zu sehen. Jetzt sind wir noch stärker und fest entschlossen, unser Schicksal mit seinen Pflichten und Aufgaben auf uns zu nehmen…"

Als er winkend den Balkon verließ, kam es zu Lärm und Gedränge auf dem Mechouar. Ich konnte nicht sehen, was geschah, hörte aber später, dass man einen Mann der Kollaboration verdächtigt und getötet hatte. Was konnte er an diesem Ort anderes gesucht haben als den Tod?

Ich erinnerte mich an die Ermordung eines anderen Kollaborateurs, die ich mit angesehen hatte und die mir als mit dem Tod endende Tragödie erschienen war. Als der Mann vor mir auftauchte, pulsierte er noch vor Leben. Er war noch nicht sehr alt, trug Turban und Kaftan. Er sah seinem Mörder direkt ins Gesicht. Dieser war groß, hatte eine gebogene Nase und einen tunesischen Fez auf dem Kopf. Er hob seine Dschellaba und erschoss den Mann aus nächster Nähe mit einem schwarzen Revolver.

Das Ereignis dauerte nur Sekunden. Die Männer starrten einander bis zum letzten Moment an. Der Blick des Revolverbesitzers strahlte Entschlossenheit aus, während der andere verängstigt war wie ein verfolgtes Tier. Sein Gesicht schrumpfte zusammen, und ein grauenvoller unmenschlicher Laut entwich seiner Brust, bevor der zweite Schuss abgefeuert wurde. Ich sah ihn nicht zusammenbrechen, zumindest erinnere ich mich nicht daran. Der Täter ging in aller Ruhe seines Wegs. Ich sah ihn zwischen den weißen Wänden einer staubigen Gasse verschwinden.

Bald danach zogen wir nach Rabat, wo mein Mann seine Stelle antrat, die uns Unglück bringen sollte. Die Spenden, die wir bei Safîya eingelagert hatten, mussten wir verkaufen. Ich werde es nie vergessen. Safîya war es, die unsere Bemühungen zunichte machte, unseren Kampf beschmutzte, Optimismus und Vertrauen auslöschte.

Wir hatten einen ganzen Tag zwischen Stapeln von Haushaltswaren und Kleidern zugebracht. Außer uns dreien waren noch ein Vertreter der Unabhängigkeitsbewegung sowie ein paar Gebrauchtwarenhändler anwesend. Wir beendeten die Versteigerung, die Männer zahlten uns das Geld aus und wir machten uns auf den Heimweg. Auf der Straße traf es mich wie ein flammender Blitz, es riss mich zurück, als hätte ich eine Schlange gesehen: Ein Seidengewand, das Ruqîya und ich von einer unserer Runden mitgebracht hatten, war nicht unter den Kleidungsstücken gewesen.

Als ich nach Hause kam, begrüßte mich mein Mann mit den Worten: „Du siehst aus, als kämst du von einem Begräbnis!"

Als ich ihm erklärte, dass Safîya sich an unsere Spenden vergriffen hätte, antwortete er mir mit einem Satz, der dem ähnelte, was Faqîh einmal gesagt hatte: „Fangen sie schon jetzt damit an?"

An diesem Tag starb für mich die Safîya, ich gekannt hatte. Jetzt war sie nur eine von denen, die sich vom Wind der Veränderung mitreißen ließen. Wie rätselhaft die Menschen doch sind. Nach Safîya war es mein Mann, der das Vertrauen aus meiner Seele riss und für immer den Argwohn in ihr verankerte.

Ich erzähle dem Scheich von Safîya. Ich sage, dass ich Safîya ihre Haut habe abwerfen sehen wie eine Schildkröte ihren Panzer. Was er mir antwortet, bewegt mich sehr: „Eine Schildkröte, die ihren Panzer abwirft, ist keine Schildkröte mehr. Sie wird ein Nichts."

In einer der Kammern schlägt eine Uhr, und ich zähle die Schläge. Wäre da nicht das Gebet, die Schlaflosigkeit triebe mich in den Wahnsinn! Doch während des Betens wird mir bewusst, dass Gott uns nicht aufgibt. Das Beten ist mein Heilmittel gegen die Schlaflosigkeit. Wenn ich keinen Schlaf finde, wie in dieser Nacht, bete ich ganz unbewusst bis in den Morgen. Was für eine großartige Entdeckung!

## 5

Ich verkaufe die Wolle, doch als ich nachrechne, stelle ich fest, dass mir nur wenig Geld bleibt. Mir sinkt der Mut, der Pessimismus kehrt zurück. Wieder mache ich mich auf den Weg zum Heiligtum. In den Gassen stehen breitschultrige junge Männer an die Wände gelehnt. Worauf warten sie?

Der Scheich ist immer noch damit beschäftigt, Amulette für die Männer und Frauen zu schreiben. Eine sterbende Stadt kämpft mit Hoffnung und Wundern gegen den Tod. Ich begrüße ihn.

„Wisch die Finsternis aus deinem Gesicht!“

Ich reibe mir über die Augenbraue. „Es hat keinen Sinn. Sie wird wiederkommen!“

Er legt den Stift beiseite und macht sich zum Zuhören bereit. Ich setze mich im Schneidersitz vor ihm nieder und sage: „Ich habe die Wolle verkauft. Der Erlös reicht nicht mal zum Nötigsten.“

„Hat das Spinnen dich denn nicht von deinem Schmerz abgelenkt?“

„Ich lebe mit dem Schmerz. Das Spinnen kann die Vergangenheit ohnehin nicht aufhalten. Hier finde ich einfach keine Seelenruhe.“

„Was wirst du tun?“

„Ich gehe fort."
„Es wird dir nicht gelingen, vor dir selbst zu fliehen, indem du den Ort wechselst."
„Mein Entschluss steht fest, ich bin mir sicher. Halte mich nicht davon ab! In dieser Stadt gibt es für mich kein Leben."
„Sie ist aber deine Heimatstadt."
„Eine Stadt, in der ich keinen Bissen zum Leben habe, ist nicht meine Heimatstadt."
„Wohin wirst du gehen?"
„Nach Casablanca."
„Was wirst du dort machen? Du hast keine Ausbildung."
Ich habe Lust zu spotten, am liebsten über mich selbst. „Ich habe ein Diplom aus der Kampagne gegen den Analphabetismus! Wussten Sie das nicht?"
Er antwortet nicht.
„Ich hatte nicht genügend Zeit, mich auf die Zukunft vorzubereiten wie die anderen Geschöpfe Gottes", versuche ich ihn zu provozieren.

Er schweigt, aber ich kann mich nicht beherrschen: „Die Veränderung geschah nur zugunsten einer Handvoll Menschen."
Gelassen wie immer erwidert er: „Lass den Hass nicht dein Herz auffressen."

Er findet immer eine Antwort, doch ich provoziere weiter: „Es ist leicht, Ratschläge zu geben, nicht wahr? Sie können so reden, weil Sie nicht an meiner Stelle sind. Sie haben ja keine Ahnung! Die neuen Menschen tragen in der Sommerhitze Pelze, sie rauchen Havanna-Zigarren und essen mit der Gabel."

„Unter den Gläubigen finden sich Männer, die Gott treu sind“, unterbricht er mich. „Einige sind gestorben, andere warten auf ihr Ende, ohne sich je zu verändern.“

Nur er weiß meine Ausbrüche zu besänftigen. Und es stimmt: Nur diejenigen verändern sich zum Schlechten, die im Herzen nicht wahrhaftig sind. Heutzutage brauchen diese Männer Frauen, die ihren Gästen Zigaretten reichen und ihnen mit allen Mitteln den Weg ebnen.

Einmal sah mein Mann mich, als ich mit den Bediensteten in der Sonne saß. Sein Gesicht verfinsterte sich so sehr, dass ich meinte, er wolle mich umbringen. Elend wie ich mich fühlte, folgte ich ihm ins obere Stockwerk, ging dann aber wieder nach unten und setzte mich auf die Sofakante, als sei ich im Haus eines Fremden. Er ging an mir vorbei, und ich folgte ihm ins Esszimmer, wo wir uns an den Tisch setzten, der zwischen uns stand, als säße ich bei einem Bewerbungsgespräch.

Wir hatten uns schon lange voneinander entfernt; es war, als hätte man eine Trennwand zwischen uns gezogen. Sein Gesicht war mir fremd, als würde ich ihn nicht kennen. Je länger ich ihn anschaute, desto mehr entfernte er sich von mir. Er aß mit der Gabel, ich mit der Hand. Als das Kratzen der Gabel auf seinem Teller nachließ, hob ich den Kopf und entdeckte auf seinem Gesicht wieder diesen Blick, der zu sagen schien: Hätte ich einen Revolver zur Hand, ich würde dich erschießen.

Ich sprang auf, warf dabei den Stuhl um und rief: „Gefällt es dir nicht, dass ich mit der Hand esse? Wie haben wir denn in Bûschentûf gegessen? Soll das die Unabhängigkeit sein? Passt es dir nicht, dass ich mich mit den Bediensteten zusammensetze? In ihrem Namen haben wir den Kolonialismus bekämpft – und jetzt denkst du wie die Kolonisatoren!"

Ich verließ den Tisch und lief ins obere Stockwerk. Dort hörte ich, wie er den Motor des Autos anließ und davonfuhr. Die Situation hatte sich zugespitzt, aber es lag nicht ein meiner Hand, sie zu ändern. Ich begriff, dass er die Wonnen des Wandels so nicht genießen konnte - er brauchte eine neue Frau im vollen Sinne des Wortes, und er bereitete sich jetzt darauf vor. Meine Folgerungen wären Verdacht geblieben, hätte unser Chauffeur nicht eines Tages vergessen, mich aus dem Hammâm abzuholen. Er entschuldigte sich damit, dass er die Sekretärin ins Hotel habe bringen müssen. Ich fürchtete, ihn nur zu gut verstanden zu haben, fragte aber trotzdem nach: „Ins Hotel?"

„Ja, die Schreibkraft. Sie arbeiten dieser Tage im Hotel." Entweder war er dumm oder verschlagen. „Was kann man da machen? Die Ära der Sekretärinnen hat wohl begonnen!"

Ich bereitete eine Rede vor, die sein Herz bluten lassen sollte, aber in dieser Nacht kam er nicht nach Hause. Als ich am nächsten Morgen den Wagen hörte, stürzte ich auf ihn zu, aber er sprang die Treppenstufen hoch. Ich folgte ihm, über den Saum meines Gewands stolpernd, und schrie: „Wo bist du gewesen?"

„Bei der Arbeit", erwiderte er ohne stehen zu bleiben.

„Im Hotel? Mit einer Sekretärin?"

Er war erstaunt, hatte wohl nicht damit gerechnet, dass ich Bescheid wusste.
„Sind das Hotels oder Bordelle? Und was geschieht mit der Rechnung? Geht die ans Finanzministerium?"

Wir hatten das Zimmer gerade erreicht, da drehte er sich um und verpasste mir eine Ohrfeige. Mit der einen Hand hielt ich mir die Wange, mit der anderen deutete ich in seine Richtung. Ich schrie ihn an, als spräche ich zu einer imaginären Menschenmenge: „Wir haben gedacht, ihr würdet Besserung bringen, aber ihr seid ja schlimmer als die Kolonisatoren!"

In diesen Tagen besuchten uns Ruqîya und Faqîh. Ich wachte anderntags erschöpft auf und erinnerte mich daran, dass er die Nacht wieder auswärts verbracht hatte. Ich hielt einen Moment inne, dann schleppte ich mich ins Bad. Mit mechanischen Bewegungen zog ich mir vor dem Spiegel das Tuch über den Kopf. Ich stopfte meine Haare einfach drunter, ohne den Knoten zu lösen. Der Spiegel zeigte mir das Gesicht einer Fremden, auf dem die Spuren des Widerstreits, der sich in meinem Innern abspielte, deutlich sichtbar waren. Meine Augen lagen tief in den Höhlen, während die Wangenknochen hervortraten und meinem Gesicht eine kantige Kontur verliehen. Ich sah schwach und kränklich aus.
Am Frühstückstisch sagte Ruqîya: „Glückwunsch zu eurem Haus!"
„Es gehört der Regierung."
„Verbirgst du etwas vor mir? Muhammad hat es für einen lächerlichen Betrag gekauft!"

Bei dem Essen, das zwischen uns auf dem Tisch stand, schwor ich, dass er mir nichts davon gesagt und dass ich keine Ahnung hätte, dass man der Regierung überhaupt irgendetwas abkaufen konnte. In meinem Zustand war es mir egal, dass ich die Letzte war, die es erfuhr. Ruqîya reichte mir ein Glas. Aber ich nahm es ihr ab und stellte es gleich wieder zurück an seinen Platz.

„Du machst den Eindruck, als hättest du nicht geschlafen", sagte sie besorgt.

Mein ganzes Leid stürzte auf mich ein, als ich antwortete: „Ich habe das Gefühl, eine Gefahr braut sich über mir zusammen."

„Das bildest du dir ein", sagte sie mit künstlicher Geringschätzung.

„Siehst du es denn nicht selbst? Er schläft nicht mal mehr zu Hause!"

„Ist dir denn nicht klar, welche Verantwortung er jetzt trägt?", fuhr sie fort zu schauspielern.

„Ich habe den Beweis in der Hand. Letzte Nacht hatte ich einen Traum."

Da wurde auch Ruqîya bewusst, dass Gefahr im Anzug war; die Angst breitete sich auf ihrem Gesicht aus: „Ich hoffe, es war ein guter und friedlicher Traum."

„Ich habe mich selbst am Ende einer Leiter gesehen, die ich zum Schlafzimmer hochsteigen wollte. Der Boden unter mir war weit weg, und die Leiter reichte nicht bis zum Zimmer, sodass ich in der Luft hing. Auf einmal sah ich eine junge Frau das Zimmer betreten. Sie lächelte mich giftig an, aber in meiner hoffnungslosen Lage konnte ich nichts dagegen tun."

„Und dann?"

„Die Leiter ging mit mir durch wie ein Pferd und stieß an beiden Seiten gegen die Wände."

„Bist du heruntergefallen?"

„Ich bin vorher aufgewacht."

Eine angstvolle Stille trat ein, dann rief sie: „Der Satan hat dich versucht!"

Ich unterbrach sie mit einer Geste der Verzweiflung: „Wir interpretieren unsere Träume so, wie es uns passt, und weigern uns, ihre tatsächliche Bedeutung anzuerkennen. Ich verstehe den Traum, er ist eindeutig."

Die Angst verschlimmerte sich. Nach kurzem Nachdenken sagte Ruqîya: „Wir werden eine Wahrsagerin aufsuchen. Nur sie kann uns die Wahrheit sagen."

Als ich dieses Haus zum ersten Mal betrat, war es wie in einem Traum. Dieses Gefühl hatte ich von Anfang an, wie ich mich nur zu gut erinnere. Als ich die Räume durchschritt, hatte ich einen ähnlichen Eindruck wie damals, als ich mit Faqîh und Rahâl die Region Gharb durchquerte – den Eindruck, alles sei unwirklich. Als er mir das Haus zum ersten Mal zeigte, öffnete er das weite Tor, und ein großer Garten mit Zypressen, zu geometrischen Formen zurechtgestutzt, tat sich vor uns auf. Am Ende stand ein riesiges Haus. Als wir den Garten auf einem kleinen Weg durchquerten, stolperte ich. Zu meinen Füßen sah ich Grasbüschel aus den Ritzen zwischen den Steinen wachsen. Er öffnete die Haustür, und ich folgte ihm in ein möbliertes Vestibül, in dessen Mitte eine breite Treppe aufragte. Ein roter Teppich unterstrich das Weiß ihres Marmors, und ihr Geländer war mit gelben Kupfergitterstäben verziert.

Der Anblick nahm mir den Atem. Ich lockerte meinen Schleier und ließ die Blicke schweifen, aber er zupfte mich am Ärmel, um den Rundgang fortzusetzen. Er stieß eine Tür auf: „Die Küche."

„Die sieht ja aus wie der 'Allâl-Busbahnhof!", rief ich.

Er öffnete ein paar Schränke, ließ aber die Türen offen stehen und zog mich zu einer anderen Tür. Ich folgte ihm und sagte staunend: „Die Schätze Salomons!"

Wir stiegen eine Treppe hinab, die in einen großen Raum führte, an dessen Ende sich eine Wand mit einer grünen Tür in der Mitte befand. Auf der linken Seite waren einige Zimmer. Wir wechselten einen Blick.

„Die Garage und die Kammern der Bediensteten", sagte er erklärend.

Er öffnete die grüne Tür, und wir betraten einen Garten mit Orangen- und Zitronenbäumen, Salat-, Karotten- und Erdbeerbeeten. In ebendiesem Moment überkam mich das seltsame Gefühl, dass er und ich, das Haus und selbst der Abzug der Kolonisatoren nicht wirklich waren.

„Mein Gott, wer hat sie aus all dieser Pracht vertrieben?"

„Wir, wir haben sie vertrieben!", rief er mit einem hysterischen Lachen, und ich stimmte mit ein.

Und da war er jetzt – bereit, dasselbe mit mir zu tun. Und da war ich, dabei, Ruqîya und einer Bediensteten in die Gassen der Altstadt von Rabat zu folgen. Sollte ich wirklich mit eigenen Füßen zu einer Wahrsagerin eilen? Sollte ich wirklich den Hokuspokus glauben, der meine Mutter das Leben gekostet hatte?

Mein Vater, möge Gott ihm gnädig sein, war krank geworden, als ich noch in der Stadt lebte. Jeden Nachmittag hatte ich ihn in der sengenden Augusthitze besucht. Die leeren Gassen verschluckten mich, ich hörte nur das Rascheln meines Gewands. Als ich durch die Gassen ging, bemerkte ich, dass der Putz von den Mauern blätterte und den Blick auf den Stein unter den braun gestrichenen Holzbrettern der Läden freigab. Wasser ergoss sich aus kupfernen Hähnen in ein altes Mosaikbecken, und der Duft des Sommers vermischte sich mit dem der Eichenblätter, mit denen die Brotbacköfen des Ortes befeuert wurden. Seit meiner Kindheit fühlte ich mich diesen Dingen zutiefst verbunden, nur der Verrückte am Tor zur Großen Moschee trübte mein Glück. Wenn ich die Brücke überquerte, blutete mein Herz für ihn. Man sagte, dass ein böser Zauber die Ursache für sein Leid sei. Erreichte ich meines Vaters Haus, empfingen mich Kühle und Ruhe und das plätschernde Wasser des Springbrunnens. Ich vergaß den Verrückten und war nur noch damit beschäftigt, den Besuch der anderen Gäste vorzubereiten. Später kam mein Mann dazu und wir verabschiedeten uns, wenn der Ruf zum Abendgebet erscholl. Ich wusste nicht, was meine Mutter im Geheimen ausheckte.

Sie brachte meinen Vater zu einem Scharlatan, der ihn mit Amuletten behängte und meine Mutter davon überzeugte, dass er ihren Goldschmuck verdoppeln könne, wenn sie nur einwilligte. Meine Mutter, die Arme – möge Gott ihr gnädig sein – suchte ihn auf. Armreifen, Halsbänder und Ohrringe, sogar einen Gürtel, den ich ihr zur Aufbewahrung gegeben hatte, verstaute sie in einem Beutel und machte sich mitten in der Nacht durch die leeren Gassen, vorbei an den verschlossenen Läden, auf den Weg. Der Fluss toste in seinem Bett, wie sie uns später erzählte, nachdem ihr das große Unglück zugestoßen war und sie für immer gelähmt hatte.

Sie entdeckte den Mann vor der Moschee, näherte sich ihm und legte den Beutel auf die Erde. Dann betrat sie den Gebetsraum, wandte sich der Gebetsnische zu und verrichtete ihre sieben Gebete, wie er sie geheißen hatte. Doch als sie die Moschee wieder verließ, war er verschwunden. Vor Schreck traf sie der Schlag, und sie war fortan gelähmt. Mich hingegen ergriff eine ungeheure Wut auf die Regierung, die zuließ, dass solche Quacksalber ihren Schwindel treiben konnten. Ich hätte mir nie träumen lassen, dass ich eines Tages selbst eine Wahrsagerin aufsuchen würde!

Die Bedienstete klopfte an die Tür, und Ruqîya und ich folgten ihr in einen dunklen Raum voller Frauen, dem der Geruch nach Weihrauch anhaftete. Man machte uns Platz, und wir ließen uns in der Nähe der Tür nieder. Keine schien die andere zu bemerken, alle starrten in die Luft, als sähen sie Vögeln hinterher.

Als wir an der Reihe waren, legte die Wahrsagerin sorgfältig die Karten: „Ich sehe dichten Nebel und den Geruch nach Verrat. Dennoch wussten wir uns wie Männer zu benehmen, wenn es die Lage erforderte." Ihre Stimme wurde schrill, als hätte sie es mit einem Gegner zu tun: „Wollen sie uns den Hunden zum Fraß vorwerfen? Aber keine Angst! Alles wird gut werden, denn die Geduldigen werden mit einem glücklichen Ausgang belohnt."

Sie bohrte direkt in meiner Wunde. Ich brach in Tränen aus. Als sie die nächste Klientin aufrief, gingen wir hinaus, allesamt in Gedanken daran, was sie uns gesagt hatte, auf der Suche nach des Rätsels Lösung.

Wie konnte ich nur die Dummheit besitzen, zu glauben, was die Wahrsagerin gesagt hatte, zu meinen, alles würde gut werden?

Am selben Abend wies mein Mann mich im Beisein von Ruqîya und Faqîh zurecht, als ich die Bedienstete freundlich um ein Glas Wasser bat. „Nächstes Mal rutscht du auf Knien vor ihr, wenn du etwas willst!"

Aber ich konnte mit den Bediensteten nicht von oben herab sprechen, ich war einen solchen Umgang nicht gewöhnt.

Blind vor Wut schrie er: „Am besten kehrst du in deine Hütte zurück!"

Es war, als verließe alles Blut meinen Körper. Mit der mir verbleibenden Kraft rief ich: „Du meinst wohl die Hütte deines Vaters."

Ruqîya und Faqîh blieben trotz der späten Stunden nicht über Nacht, sondern brachen bald auf. Als sie sich verabschiedeten, sagte Faqîh, schneller als er ohnehin schon sprach: „Er hat allen Respekt verloren.“
Und Ruqîya fügte hinzu: „Hier ist kein Platz mehr für uns.“
Es war das erste und letzte Mal, dass die beiden uns nach der Unabhängigkeit besuchten.

Ich fragte ihn nach dem Grund, und er sagte, es gäbe keinen! Wieso habe ich ihn, nach allem, was passiert ist, überhaupt noch nach dem Grund gefragt? Das Unglück lässt ebenso den Verstand verdummen wie es Persönlichkeiten prägt und neue Menschen schafft!

So verließ ich ihn mit nichts als den Kleidern auf dem Leib und dem Sträflingsanzug unter dem Arm und machte mich auf den Weg zum Busbahnhof.

„Meine Papiere, und das, was das Gesetz vorsieht“! Dieser Schuft. Nebel hüllte mich ein, und die Erde wankte unter meinen Füßen. Meine Kehle war wie zugeschnürt, der Kummer drückte mir auf die Brust. Mein Kopf war so leer, als hätte er aufgehört zu arbeiten, nur in den Schläfen pulsierte der Schmerz. Wenn Schmerz und Würgen doch nachließen und wieder Ruhe einkehrte! Später überkam mich eine schlimme Depression, die lange anhielt.

Rastlos wie eine Biene wanderte ich im Verwaltungsdistrikt umher. Mit äußerster Anstrengung versuchte ich mich zusammenzureißen, um nachvollziehen zu können, wohin es mich trieb, aber ich war zu verwirrt, um die Orte auseinander zu halten. Auf einmal sah ich die Mauern der Chellah, und mir wurde bewusst, dass ich in die falsche Richtung gegangen war. Ich setzte mich auf eine niedrige Mauer, bis ein Taxi vorbeikam und mich zum Busbahnhof brachte.

Ich hatte keine Ahnung, wie lange ich in diesen Gassen umhergeirrt war, noch merkte ich, wie ich mir einen Fahrschein gekauft oder einen Platz gefunden hatte oder wann wir losgefahren waren. Ich bemerkte es erst, als wir die Brücke über den Fluss Bû-Regreg überquerten und den Hassan-Turm hinter uns ließen. Ich hatte das Gefühl, in eine längst vergangene Epoche zu fahren, erneut in der Vergangenheit zu leben, als hätte sich nichts geändert. Aber für mich hatte sich alles geändert!

In Fès nahm ich einen anderen Bus von einem anderen Busbahnhof. Ich verbringe mein Leben zwischen Busbahnhöfen! Ich war erschöpft und müde wie zu Beginn einer Erkältung. Erst auf dem Weg zu meinem Heimatort schärfte sich wieder mein Bewusstsein. Ich sah, was der Sturm angerichtet hatte, und die Hoffnungslosigkeit kehrte umso schlimmer zurück.

„Darf ich Sie beauftragen, die Vermietung meiner Kammer zu übernehmen?“, frage ich den Scheich.
„Was immer du willst.“

„Es bleibt nichts außer der Kammer und Auf Wiedersehen zu sagen."

Er bittet Gott, mir die Tür zu einem rechtmäßigen Lebensunterhalt zu öffnen, und ich bitte den Allmächtigen, mir gute Gesundheit zu schenken – denn nichts ist in meinem Alter und meiner derzeitigen Situation gefährlicher als eine angeschlagene Gesundheit – und gleichfalls bitte ich den Allmächtigen, die Wolken der Finsternis, die sich über mir auftürmen, zu vertreiben.

So verlasse ich den Ort zum zweiten Mal – nur diesmal winkt mir niemand zum Abschied. Im Inneren werde ich von Zweifel zernagt, aber Casablanca macht mir keine Angst. Eine feste Entschlossenheit treibt mich an, und ich verspüre den starken Wunsch, alle Unsicherheit abzuschütteln und von Neuem zu beginnen.

Die gelben Herbstblätter, für die unsere Gegend berühmt ist, haben die Bäume nackt zurückgelassen. Nur Wind und Regen peitschen noch durch ihr Geäst. Bald werden sie von Schnee bedeckt sein, und ihre weißen Körper werden aussehen wie moderne Holzskulpturen. Der Regen schlägt heftig an das Fenster des Busses, dicke Wolken türmen sich auf.

Fès ist Fès: der Fluss, die Maultiere, die düsteren Stadtmauern. Nur die Straßen sind jetzt asphaltiert, es gibt hohe Gebäude, und man kann an einem Tag nach Casablanca reisen. Nach dem Regen klart der Himmel auf. Gelbe Strahlen ergießen sich auf die feuchte Erde, am blauen Himmel hängen feine weiße Wölkchen, die aussehen wie geschorene Wolle.

Khemisset. Am Busbahnhof halten wir an, um zu tanken. Die Reisenden können etwas essen und einen Kaffee trinken. Es hat sich nichts verändert, die Hauptstraße ist immer noch voller Cafés. Ich sehe das Kino und den Laden von Mûhâ und 'Alâ, mein Herz flattert. Ich atme die klare Luft ein und spüre, wie die Kälte mich wieder belebt.

Rabat. Meine Stimmung verdüstert sich, wenn ich diese Stadt nur sehe; während unseres Aufenthalts bin ich dem Ersticken nahe. Werde ich mit dieser schönen Stadt auf immer Sorgen und Gram verbinden?

Drei Busbahnhöfe, drei Wegzeichen – warum muss mein Weg mich noch einmal durch sie führen?

Casablanca. Das unvergleichliche Casablanca! Diese Stadt öffnet mir das Herz. Es ist, als lächelte sie, als umarme sie die Unglücklichen wie mich! Im tiefsten Innern spüre ich: In dieser Stadt möchte ich bleiben.

Ich verlasse den Bus und mache mich eilig davon, da ich kein Gepäck habe, auf das ich warten muss. Nur den Sträflingsanzug habe ich bei mir, als Bündel unter dem Arm.

Ruqîya öffnet mir die Tür. Ein Strahlen überflutet ihr Gesicht, wird aber bald vom Ausdruck der Unruhe verscheucht, als sie merkt, dass etwas nicht stimmt. Ich gehe über den Innenhof zu einem Zimmer und lasse mich nieder. Da sie mich so unsicher anschaut, sage ich schnell: „Vor drei Monaten hat er sich von mir scheiden lassen. In meinem Heimatort kann ich nicht länger leben."

Sie erblasst und wischt die ersten Tränen weg. Ich tröste sie, sage, es sei nicht das Ende der Welt, doch dann fange ich selbst an zu weinen. Faqîh kommt nach Hause. Unsere hängenden Köpfe müssen ihn gewarnt haben, dass etwas vorgefallen ist. Dennoch sagt er, nachdem er mich willkommen geheißen hat: „Hast du gehört, dass ich zum Qâ'id ernannt wurde?"

Als Ruqîya ihm erklärt, was es mit mir auf sich hat, lässt auch er den Kopf hängen.

„Herzlichen Glückwunsch! Alle Welt scheint zurzeit zum Qâ'id ernannt zu werden", erwidere ich, als wollte ich die beiden brüskieren.

„Alles wird gut werden", sagt Ruqîya, um zum Thema zurückzukehren.

Aber ich bringe sie sofort von diesem Gedanken ab: „Ich muss so schnell wie möglich Arbeit finden."

„Das wird nicht gehen", sagt Ruqîya, und entgegen seiner Gewohnheit pflichtet Faqîh ihr bei.

„Ich habe keine Lust zu streiten. Aber ich weiß wohl am besten, was gut für mich ist!"

„Reg dich nicht auf."

„Ich reg mich nicht auf!“, rufe ich und schlage wütend nach einer Fliege auf meiner Nase. Ich sehe, wie sich Ruqîya auf die Lippen beißt. Wir schweigen eine Weile.

Schließlich sagt Faqîh: „Ich habe jedenfalls die richtige Wahl getroffen, nicht wahr, Ruqîya? ‚Warum nicht Kénitra?‘, haben sie mich im Ministerium gefragt. Und ich habe ihnen gesagt: ‚In Azilâl ist die Luft besser.‘ Dabei wissen sie den wahren Grund ganz bestimmt. Was habe ich in Kénitra zu suchen? In Azilâl kann ich wenigstens ein paar Vorteile genießen.“

Da Ruqîya nichts dazu sagt, fährt er fort: „Dort auf dem Land gibt es Hühner und Eier in Fülle.“

„Wann wollt ihr denn umziehen?“, frage ich.

„Faqîh macht den Anfang, ich komme nach.“

„Hoffentlich nicht meinetwegen.“

„Wir hatten es schon so entschieden, bevor du kamst“, beeilt sich Ruqîya zu sagen.

Faqîh möchte etwas einwenden, hält sich dann aber zurück. Schließlich sagt er strahlend: „Azilâl, das ist genau das Richtige!“ Er holt ein Päckchen Kîf hervor.

„Wo liegt es denn?“, frage ich.

Er stopft das Kîf sorgfältig in eine kleine Pfeife, die aussieht wie ein Fingerhut, zündet es an und nimmt einen tiefen Zug, sodass das Kîf aufglüht wie Kohle und ihm der Qualm aus Mund und Nase quillt. „Im Herzen des Atlas! Herrliche Gegend, herrliches Wetter.“ Er küsst seine Fingerspitzen. „Wie die Schweiz!“ Fast kommt ihm der Qualm zu den Ohren heraus.

Als hätten wir denselben Gedanken, sagt Ruqîya: „Du musst dir dieses Rauchen mal abgewöhnen, sonst verlierst du in den Augen der Menschen."

Und ich füge hinzu: „Bald wird er Tabakpfeifen und Havannazigarren rauchen."

„Was für ein Gedanke!" Faqîh lacht sein abgehacktes Lachen. Es klingt wie Husten.

Als er hinausgeht und dabei sein ganzes Gewicht auf sein gesundes Bein verlagert, sagt Ruqîya: „Ich wundere mich über gar nichts mehr. Mit diesem Bein würde er sogar Auto fahren, wenn ich ihn mit meiner Entschlossenheit nicht davon abhalten würde. Stell dir das mal vor! In seinem Zustand!"

„Die Unabhängigkeit hat etwas in ihren Köpfen verdreht."

Wir schweigen, und ich frage mich, was ich tun soll.

„Mach dir keine Sorgen."

„Ich werde keine Arbeit finden."

„Es ist nicht lange her, da haben wir noch gesagt, der Kolonialismus wird nie enden."

„Wenn die Zukunft doch leichter wäre als die Vergangenheit!"

„Wie oft haben wir uns über Dinge den Kopf zerbrochen, die nie geschehen sind."

„Und alles nur, weil ich eine Frau bin."

„Das Unglück hat mit dem Geschlecht nichts zu tun."

„Wenn ich ein Mann wäre, hätte ich schon längst einen Posten als Qâ'id oder Scheich. Wie konnten wir bloß in den Schatten zurückkehren, nach allem, was geschehen ist!"

„Man sagt, das Chamäleon wechselt seine Farbe, wenn es in Gefahr ist. Aber es zögert nicht, wieder seine echte Farbe anzunehmen, sobald die Gefahr vorbei ist.“

In ihrem Gesicht entdecke ich wieder diesen Ausdruck von warmer Mütterlichkeit, der sich auch in ihren Gesten und ihrem Tonfall niederschlägt und besonders stark hervortritt, wenn Faqîh in der Nähe ist. Voller Mitgefühl tätschelt sie mir den Oberschenkel: „Es war für die Sache Gottes.“
„Und es war für unsere Nation. Das meine ich ernst.“
„Ich weiß, dass du's ernst meinst. In deiner Lage muss man es ernst meinen.“

Faqîh zog nach Azilâl: Ein Auto der Regierung holte ihn ab. Er setzte sich theatralisch in den Sitz, und sie fuhren ab. Derweil machten wir uns auf den Weg in die Ölfabrik. Sobald wir uns dem Tor näherten, eilte ein Wächter herbei.
„Was wollt ihr?“
„Den Direktor.“
„Habt ihr einen Termin?“
„Nein.“
„Warum wollt ihr ihn sehen?“
„Wir suchen Arbeit.“
„Ihr beide?“
„Nein, nur ich.“
„Hast du vorher schon mal in einer Ölfabrik gearbeitet?“
„Nein.“

Mit einer arroganten Gebärde schiebt er sich eine Haarsträhne aus der Stirn, als gehörte die Fabrik seinem Vater. „Hier gibt's keine Arbeit."

„Lass uns rein."

„Nein."

„Keiner behandelt die Armen schlechter als die Armen selbst!", sage ich zornig.

Ein Auto kommt angefahren, der Wächter zieht die Schranke hoch und lässt sie ganz schnell wieder herunter.

Ich warte, bis das Motorengeräusch verklingt, dann sage ich: „Dieses Land wird es zu nichts bringen mit Menschen wie dir."

„Er tut gerade so, als sei er der Industrieminister!", sagt Ruqîya.

Ich bin niedergeschlagen, aber Ruqîya bewegt mich dazu, eine weitere Fabrik aufzusuchen. Nachdem wir unser Anliegen vorgebracht haben, kanzelt man uns mit derselben Gleichgültigkeit ab wie zuvor. Wir müssen einen Bewerbungsbrief schreiben. Auf dem Heimweg sage ich zu Ruqîya, dass unser Land von Sekretärinnen und Laufburschen regiert würde. Aber sie schweigt, als hätte sie Angst, sich zu einer Antwort zu bekennen.

Von einem öffentlichen Schreiber lassen wir den Bewerbungsbrief verfassen und werfen ihn in einen Briefkasten.

Die Nachricht meines Schicksals hat sich schon in der ganzen Straße verbreitet, sogar die Tatsache, dass ich Arbeit suche.

Eines Tages kommt meine jüngere Schwester mit ihrem Mann zu mir. Irgendwie muss die Neuigkeit auch zu ihr gelangt sein. Ich habe keine Ahnung, was sie will.
„Ich werde die Sache in die Hand nehmen und ihm die Hölle heiß machen!“, sagt ihr Mann schon beim Eintreten.
Er ist ein Fuchs. Noch nie ist es ihm gelungen, irgendetwas erfolgreich zu lösen. Ein Fuchs – so nannte ihn meine Mutter.
„Müssen wir diese Neuigkeit von anderen hören?“, sagt meine Schwester. „Sind wir Schwestern oder Feindinnen?“
Und er fügt hinzu: „Lass mich eine Klage für dich einreichen.“
„Wozu das?“, erwidere ich scharf. „Ich habe bekommen, was das Gesetz für mich vorsieht. Wofür sollte ich ihn verklagen?“
„Lass uns wenigstens einen Rechtsanwalt aufsuchen.“
„Ich will nichts von ihm.“

Als Ruqîya sich die Schuhe abstreift und wieder eintritt, sagt meine Schwester: „Steh auf und pack deine Sachen.“

Mit ihr gehen? Mich die letzten Jahre meines Lebens von meinem Schwager ernähren lassen, mich als eine Gefangene in seine Obhut begeben? Nie und nimmer!
„Warum?“, fragt Ruqîya.
„Sie kommt mit mir.“
„Ich komme überhaupt nicht mit.“
„Bin ich deine Schwester oder nicht? Wer sollte sich deiner annehmen, wenn nicht ich?“
„Du kannst nicht von einem Ort zum anderen ziehen, solange du hier Angehörige hast“, stimmt ihr Mann mit ein.

Nachdem Ruqîya sich davongestohlen hat, rufe ich mit wachsendem Zorn: „Ich bin niemandes Hinterlassenschaft, und ich werde Casablanca nicht verlassen!“
„Casablanca – ist es das, was dein Vater dir hinterlassen hat?“
„Nein, er hat mir nichts hinterlassen, möge Gott ihm gnädig sein.“ Nach kurzem Schweigen füge ich hinzu: „Ich habe Bewerbungsbriefe an einige Fabriken geschickt und warte auf Antwort.“

Abschätzig zuckt sie die Schultern. „Heutzutage bekommt man nur mit Abitur Arbeit, morgen mit Diplom, und übermorgen werden selbst die Diplomierten Straßen fegen.“
„Ich brauche eine Arbeit, um das Nötigste zum Leben zu verdienen, keinen Posten bei der Regierung.“
„Ja, als was willst du auf deine alten Tage denn arbeiten?“ Nie war sie imstande, sich Niederlagen einzugestehen!

Ich habe schon gesagt, dass ich es nicht mehr schaffe, rücksichtsvoll und freundlich zu sein. Wenn ich unter Druck gesetzt werde, explodiere ich, wer auch immer dafür verantwortlich ist. So geschieht es auch jetzt. „Bist du mein Vormund?“, schreie ich, wohl wissend, wie sie reagieren wird.
Mein Ausbruch trifft sie wie eine Ohrfeige. Sie erbleicht und stürzt aus dem Zimmer, ihr Mann hinterdrein, und zieht sich wutentbrannt die Schuhe an. Ruqîya versucht noch, sie aufzuhalten, aber meine Schwester schwört heilige Eide, keine Minute länger zu bleiben, kann sich aber nur schwer vor Ruqîyas Zugriff retten.

Diese in größter Wut hervorgebrachten Worte werden mich für Jahre von meiner Schwester entfremden. So ist sie. Ihre Schönheit hat sie kaputt gemacht, verdorben. Sie verlieh ihr seit der Kindheit einen besonderen Status, der dazu führte, dass sie stets bekam, was sie wollte. Wer nicht nach ihrer Pfeife tanzte, mit dem brach sie für Jahre. Sie war überzeugt, dass niemand mehr Liebe, Ehre und Respekt verdiente als sie, und fand sie doch jemanden, machte sie ihn fertig.

Das Schicksal jedoch sandte ihr einen Mann von derselben Art, mit dem sie sich auf grässliche Weise ergänzte. Sollte ihre Schönheit eines Tages vergehen – sie wird unweigerlich vergehen –, und sollten Ehre und Respekt dahin sein, dann wird sie sich in eine Kreatur verwandeln, die alles verbrennt, was sie berührt. Wenn dann Streitigkeiten zwischen ihr und ihrem Mann entstehen, was Gott verhüten möge, wird der jüngste Tag anbrechen.

Jetzt habe ich ihren Willen im Staub zertreten. Nie zuvor habe ich so gehandelt – sie war es stets, die mit mir umgesprungen ist, wie es ihr passte, obwohl ich die Ältere bin. Doch mein gesellschaftlicher Status befreit mich jetzt davon, zu schmeicheln, zu beobachten und zu erröten, wie es die Menschen erwarten.

Sechs oder sieben Jahre lang werde ich sie nicht sehen, vielleicht sehe ich sie nie wieder. Was soll's! Vielleicht ist sie ohnehin nur gekommen, um sich aufzuspielen. Denn nichts ist ihr mehr verhasst als die Tatsache, dass jemand sie übertreffen könnte, selbst wenn er dieselbe Mutter und denselben Vater hat wie sie.

Zu Beginn des Unabhängigkeitskampfes hatten wir gedacht, dass Hass und Groll weggewaschen würden und Sorgen und Kummer verschwänden – wie durch ein Wundermittel aus dem Sûq. Doch wir hatten uns mehr auferlegt als wir ertragen konnten. Jetzt sind wir Tag und Nacht umringt von Kämpfen in Palästina, Vietnam und Biafra … und weitere werden kommen.

Eine Frau erzählt mir, dass das französische Kulturinstitut eine Putzfrau sucht. Der Gedanke gefällt mir nicht, ich lehne ab und behaupte, ich würde auf Antwort von der Fabrik warten. Doch irgendwann muss ich mich der Wirklichkeit stellen und begreifen, dass wir die Franzosen nicht entbehren können, und mit der Frau zum französischen Kulturinstitut gehen.

Dort geht man meine Unterlagen durch, stellt mir eine Reihe Fragen und engagiert mich schließlich. Meine Arbeit fängt an, ich miete mir ein Zimmer und besorge mir nach und nach alte Möbel, nachdem Ruqîya abgereist ist. Außer zu Ruqîya und Faqîh habe ich keinen Kontakt mehr zu den Freunden von früher, aber ich höre, was der Wind der Veränderung ihnen gebracht hat.

Hadsch 'Alî ist noch immer in seiner Werkstatt. Er ist ein Mann, der am Unabhängigkeitskampf teilgenommen hat, als es nötig war, aber wusste, in Ehren an seinen Platz zurückzukehren. Seine Söhne und Töchter sind erwachsen: Einer wurde

Ingenieur, ein anderer Universitätsprofessor. Wenn ich mich an ihn erinnere, denke ich jedes Mal mit neuerlicher Bewunderung, als entdeckte ich ihn zum ersten Mal, dass er es aus seiner Schmiedewerkstatt zum Kampf für das Vaterland brachte und daneben auch noch seine Kinder aufzog.
Rahâl ist Qâ'id in Hauz.

Walter lebt in einem Dorf bei Tarûdânt auf einem nationalisierten Bauernhof. Vielleicht leitet er ihn für die Regierung. Ich habe gehört, dass seine Töchter Marokkaner geheiratet haben.

Safîyas Mann wurde in irgendeinem Ort zum Statthalter ernannt. Sie wurde von der Unabhängigkeit verändert, entstellt, wie es auch anderen widerfuhr. Sie hat sich die Haare kurz geschnitten und angefangen, in westlicher Kleidung auszugehen. Als ich über Frauen sprach, die in der Sommerhitze einen Pelz tragen, habe ich an sie gedacht. Ich habe sie zum letzten Mal gesehen, als sie das traditionelle Seidengewand stahl, das zu den Gütern gehörte, die wir sammelten. Noch heute sehe ich es vor mir. Safîya ist ohne Verabschiedung aus Casablanca verschwunden, und ich habe sie nie wiedergesehen.

Ich habe Raschîd vergessen, den Algerier, der mit meinem Mann zusammenarbeitete und mir die Nachricht seiner Verhaftung überbrachte. Erinnert ihr euch an ihn? Er ist in sein Heimatland zurückgekehrt und hat dort eine gute Stellung gefunden.

Habe ich sonst jemanden vergessen? Den Scheich beim Heiligtum! Er ist lebendig wie eh und je, das Alter scheint spurlos

an ihm vorüberzugehen. Ich sehe ihn jedes Jahr, wenn ich in den Ort komme, um die Miete einzutreiben.
Letztes Mal habe ich ihn scherzhaft gefragt: „Woher stammt Ihr Elan? So sagt man doch: Woher stammt er?“[1]
„Gerstenbrot, Oliven und reines Wasser.“
„Sicher verbergen Sie etwas! Drücken Sie sich nicht um die Antwort!“
„Und Frieden mit mir selbst. Nichts sonst.“ Er freut sich über die geistige Veränderung, die ich durchlaufen habe.
Ich habe seine Gedanken erraten und sage: „Ja, Kummer und Hoffnungslosigkeit sind dahin, als hätte ich sie nie kennen gelernt.“
„Wo ist deine Feindseligkeit der Welt gegenüber?“
„Die Welt ist vergänglich. Muss ich Ihnen das sagen?“
„Hast du die Vergangenheit vergessen?“
„Die Vergangenheit ist Illusion. Was zählt, ist die gelebte Wirklichkeit.“
„Was bedeutet das in deinem Fall?“
„Arbeit, Glaube und ein paar wenige, wichtige Dinge. Das Wichtige ist, dass ich mich auf Gott besinne und mich auf die Vorstellung konzentriere, dass wir auf Erden nur auf Durchreise in den Himmel sind.“

Der Scheich heißt meine Worte gut, lächelt wieder und fragt: „Wie bist du dahin gekommen?“
„Nach und nach. Vor Jahren bin ich nach Casablanca zurückgekehrt – erinnern Sie sich? – und habe gedacht, mein Fall sei

---

[1] Klischee, das in Marokko bei Beamten angewendet wurde, die nach der Unabhängigkeit aus dunklen Quellen zu Wohlstand gelangten.

einzigartig. Doch dann habe ich im französischen Kulturinstitut eine Zeitschrift gesehen, die einer Angestellten gehörte. Das Titelbild zeigte einen Mann mittleren Alters mit einer jungen hübschen Frau. Ich stutzte und sah mir das Bild genau an. Die Angestellte sagte lachend: ‚Dr. Barnaard weckt Ihre Aufmerksamkeit?'

‚Dies ist also der Herzchirurg, von dem in den Nachrichten immer die Rede ist. Aber wer ist sie?'

‚Seine neue Frau. Von der ersten, mit der er zwanzig Jahre zusammengelebt hat, ließ er sich scheiden, als seine gesellschaftliche Position sich verbesserte.'

Mein Interesse wuchs, als sie fortfuhr: ‚Sie hat kürzlich ein Buch herausgebracht, in dem sie ihr Schicksal schildert: Wie ihr Mann sich verändert hat, nachdem seine Position sich verbesserte.'

Ich bekam einen Knoten in der Zunge, als sie die Seiten durchblätterte und mir ein Foto der ersten Frau zeigte, wie sie zwischen ihrem Sohn und ihrer Tochter stand. Ich starrte auf das Bild, Traurigkeit schnürte mir die Luft ab. Wie sehr ähneln sich die Menschen! Ich hatte so viel Verständnis für diese Frau. Keiner verstand sie so gut wie ich. Es war, als würde ich mich selbst anschauen, als hätte Gott viele Menschen aus derselben Masse geformt.

„Vielleicht war auch sie eine traditionelle Frau."

„Auch?"

„Ja. Ich meine, auch in anderen Gegenden gibt es Frauen wie sie, in Casablanca zum Beispiel."

Die Französin lachte, aber ich blieb versunken in den Gedanken, dass der Allmächtige seine Geheimnisse hat. Seit diesem Tag hadere ich weniger mit meinem Schicksal. Ich habe gelernt mit ihm zu leben wie andere Menschen mit einer Behinderung."

Jetzt arbeite ich, kehre in mein Zimmerchen zurück und lebe für den jeweiligen Tag. Wie ich dem Scheich sage, habe ich die Vergangenheit vergessen, ja, ganz und gar vergessen, als wäre sie nie gewesen oder hätte nichts mit mir zu tun. Außer einigen verblassten Erinnerungen ist von meinem Kummer nichts geblieben, doch auch an den Wohlstand erinnere ich mich nur vage. Deshalb nenne ich dieses Jahr das Jahr des Elefanten.

Trotz meines Schicksalsschlags möchte ich zufrieden bleiben. Ich möchte beweisen, dass die Welt nicht nur aus schlechten Menschen besteht, sondern dass alles neu und einem ständigen Wandel unterworfen ist – so gut es gehen mag.

# Nachwort

Die Literatur des Maghreb ist vielschichtig und facettenreich. Als Kosmopolitin, als bewusste Marokkanerin mit Kontakten zur Welt, adaptierte die Autorin Leïla Abouzeïd Einflüsse und Strömungen aus verschiedenen Kulturen. Und durch das Verweben von großer Historie und persönlicher Erfahrung entsteht ein fesselndes Endprodukt. Die Oberflächenhandlung gerät somit zur Spiegelung der historischen Wirklichkeit, der Kolonisierung und Unterdrückung Marokkos durch die westliche Fremdherrschaft. Geschichte avanciert zum unentrinnbaren Ereignis, in dem Grausames erlitten werden muss. Die Suche nach der Vergangenheit wird auf schmerzhafte Weise erlebt; Geschichte erscheint hauptsächlich in Leid und Unterdrückung erfahrbar und Einzelschicksale stehen für einen kollektiven, allgemeingültigen Prozess. Die Geschichte Zahras wird zur nationalen Metapher.
Literatur steht nie losgelöst vom politischen und kulturellen Kontext. Dies einmal mehr dann, wenn die Autorin Leïla Abouzeïd ihren Roman ganz bewusst in der kolonialen respektive postkolonialen Phase Marokkos ansiedelt. Indem sie die Protagonistin Zahra die Wechselbäder von kolonialer und postkolonialer Ära durchleiden und aktiv an der Unabhängigkeitsbewegung teilnehmen lässt, stellt sie die dadurch hervorgerufene Traumatisierung in den Vordergrund.
Während der Zeit des französischen Protektorats (1912-1956) befand sich Marokko in einer Art unfreiwilliger Obhut. Die Regeln wurden von Frankreich vorgegeben. Außen-, Finanz- und Verteidigungspolitik befanden sich von Anfang an in französischer Hand. Rebellische Stämme wurden unterworfen, einheimische Kultur und Sprache wurden zugunsten des Französischen an den Rand gedrängt. Als Sultan Mohammed V. nicht willfährig war, wurde er ins Exil geschickt, was ihn zum Märtyrer machte. Auflehnung fand statt in der Unabhängigkeitsbewegung. Widerstand

zeigte sich sowohl im großen als auch im kleinen Stil – und wurde auch von den Frauen mitgetragen. So wurden einerseits etwa Waffen geschmuggelt, andererseits französische Importwaren boykottiert und Streiks organisiert. Die Unabhängigkeitsbewegung wurde zur Massenbewegung nach dem Massaker von Casablanca im Jahre 1952, als die Fremdenlegion mehrere Hundert Personen niederschoss.

Nach langem Kampf musste Frankreich seine Herrschaft schließlich aufgeben. Der Sultan kehrte unter großem Jubel zurück – eine Szene, die Abouzeïd mit großer Bewegung schildert. Am 2. März 1956 wurde die Unabhängigkeitsakte unterschrieben.

Nach der Unabhängigkeit, von der sich das Land – und insbesondere die Mitstreiter im Widerstand – eine Besserung der Lebensverhältnisse erhoffte, stürzte das Land jedoch in eine unverhoffte Phase der Orientierungslosigkeit. Solange der Freiheitskampf tobte, waren die Risse in der Gesellschaft zugekittet, sogar die Kluft zwischen Mann und Frau schien überwunden, aber mit der Unabhängigkeit zerbrach das Konstrukt; die jeweiligen Vorstellungen vom neuen Marokko klafften weit auseinander. Die einheimischen Befreier kamen an die Macht, doch die alten Seilschaften des Befreiungskrieges verstanden den Staat als ihre Pfründe – hatten sie ihn nicht mit ihrem eigenen Blut zum Leben erweckt, ja bezahlt? Jetzt bedienten sie sich mit lukrativen Posten und herrschten nach dem Vorbild ihrer ehemaligen Kolonialherren. Frauen waren Bürger zweiter Klasse.

Auch auf dem wirtschaftlichen Sektor sah es keineswegs rosig aus: Produkte mussten eingeführt werden und waren dennoch knapp, Schwarzmarkt und Korruption blühten als Folge auf. Das Regime, das soziale Unterschiede hatte ausgleichen wollen, hatte das Gegenteil bewirkt: Funktionäre bereicherten sich schamlos, während die Armut der Massen wuchs. Der einstige Enthusiasmus der Bevölkerung verlor sich in Politikverdrossenheit, während Schieberei, Nepotismus und Korruption nur zu oft legal schienen. Demotivation und Schlendrian einerseits, hemmungslose Selbstbedienungsmentalität andererseits, vergesellschaftet mit Fehlbesetzungen in Schlüsselpositionen der Wirtschaft führten zunehmend ins ökonomische Desaster. Die wirtschaftliche Öffnung kam unvorbereitet und es gab wenige Produkte, die im Ausland konkurrenzfähig waren.

Schreiben in der Nach-Unabhängigkeit bedeutet für Abouzeïd, die Probleme und Widersprüche einer Gesellschaft widerzuspiegeln, die sich zwar freigekämpft hat, aber noch nicht am Ziel angekommen ist: ohne eine verbindliche eigene Tradition, auf die sich zurückgreifen ließe, drifteten die Personen in einem Amalgam von Einflüssen und Prägungen.
Gleichzeitig dissoziiert das Bild vom Westen in einer – vielen postkolianalen Staaten gemeinsamen – Hassliebe. Verteufelt man einerseits die Kolonialmacht mit ihrem imperialen und repressiven Gebaren samt der erkennbaren, in der Bitterkeit gerne übersteigerten Auswüchse ihrer Gesellschaft, liebt man doch – gerade vor dem Hintergrund der eigenen Misere – die Vorzüge dieser Gesellschaft und Kultur, die idealisierend zum Paradies übersteigert wird.
Schreiben zwischen Islam und Moderne (oder besser: zwischen islamisch-traditionalistischer und kosmopolitischer Gesellschaft) muss zwangsläufig zur Gratwanderung werden. Einerseits rekurriert man auf Eigenes, andererseits macht man Fremdanleihen, ohne unkritisch die eigene Identität zugunsten eines trügerischen Ideals aufgeben zu wollen.
Obwohl Marokko – wie der gesamte Maghreb – eine polyglotte Region ist, in der Berber, Arabisch und Französisch nebeneinander existieren, hat Leïla Abouzeïd sich dezidiert für die arabische Sprache entschieden, weil sie die Leser in der Arabischen Welt als ihre Zielgruppe sieht. Sie will ihre Leser aus ihrer eigenen Kultur von innen her erreichen. Zudem ist das Französische für sie immer

noch die Sprache des Kolonisators, der „meinen Vater gefangen nahm und ihn auf vielfältige Weise folterte".[1]

Der feministische Text hebt sich dadurch von westlichen Texten ähnlicher Ausrichtung ab, dass er eine Verbindung zwischen der Problematik der individuellen Freiheit und der Freiheit der gesamten Gesellschaft herstellt.[2] Zudem gibt Zahra die Verbindung zu traditionellen Werten nicht auf. In dem Scheich ihres Dorfes findet sie einen milden und verständnisvollen spirituellen Berater.

Zahra offenbart zwei Gesichter, die nicht recht zusammen passen wollen. Einerseits scheint sie im Widerstandskampf über enorme Kraft und Courage zu verfügen, andererseits erweist sie sich ihrem Mann gegenüber als untertänig. Ohne dessen Dominanz scheint sie hilflos und verloren. Sie hatte sich während der Ehe an seinen Werten orientiert, er gab den sozialen Rahmen vor, in dem sie mit Schmuck und Kleidung glänzen konnte. Damit reduziert sie sich selbst zum Objekt, stets abhängig von der Gnade des Ehemanns. Diese Ohnmacht lässt Zahra ihre Großmutter zitieren, die zu sagen pflegte: *„Ein Frau hat nichts als ihren Ehemann und ihren Grundbesitz. Und dem Ehemann kann sie nicht trauen."*

Nachdem der Ehemann Zahra verstoßen hat, weil sie in sein neues Funktionärsleben nicht mehr hineinpasst, erkennt sie mit Bitternis, dass die, mit denen sie gemeinsam kämpfte – einschließlich ihres Mannes –, ins feindliche Lager übergewechselt sind. Sogar ihre Freundin aus dem Widerstand bereichert sich hemmungslos am Spendengut. Gleichzeitig wird Zahra klar, dass ihre Erwartungen an die Unabhängigkeit überzogen waren, wenn sie formuliert: *„Zu Beginn des Unabhängigkeitskampfes hatten wir gedacht, dass Hass und Groll weggewaschen würden und Sorgen und Kummer verschwänden – wie durch ein Wundermittel aus dem Sûq. Doch*

---

[1] Zitiert nach Bill Ashcroft, Gareth Griffiths and Helen Tiffin, The Empire Writes Back: Theory and Practice in Post-Colonial Literatures, London 1998, p. 122

2 Vgl. dazu: Barbara Harlw, Resistance Literature, London 1987, pp. 180-94

*wir hatten uns mehr auferlegt als wir ertragen konnten"*. Dies ist das Resümee der verlorenen Illusion.

Schließlich findet sie eine Stelle als Putzfrau – ausgerechnet im französischen Kulturinstitut. Man mag dies als Ironie des Schicksals deuten, allerdings lässt die Interpretation auch eine späte Versöhnung mit der ehemaligen Kolonialmacht zu. Zahra konstatiert: „Doch irgendwann muss ich mich der Wirklichkeit stellen und begreifen, dass wir die Franzosen nicht entbehren können".
Abouzeïds vordringliches Anliegen ist es, die Rolle der Frau in der marokkanischen Gesellschaft und die Regelungen, denen sie durch das Familienrecht unterworfen ist, zu thematisieren. Hier hat die Unabhängigkeit den Frauen keinerlei Verbesserung beschert. Die Verstoßung – zentrales Thema des Buches – wirft die Frau nach einer kurzen Übergangsphase in das soziale Nichts.[3] Sie führt Zahra in eine fundamentale Lebenskatastrophe. Abouzeïd zeigt aber auf, wie ein selbständiges Überleben möglich ist: Zahra findet ihren Weg.

*Donata Kinzelbach*

---

[3] Erst unter König Mohammed VI., der den Thron 1999 bestieg, zeichnete sich eine Verbesserung ab. Als Verfechter der Modernisierung seines Staates steht er im Kontrast zu den islamisch-konservativen Kräften in Marokko. Insbesondere den islamischen Fundamentalisten Marokkos gilt auch die unlängst erfolgte Einführung eines liberaleren Familienrechts, das den Frauen mehr Rechte zusichert, als Abweichung von der Tradition.

**Taos Amrouche** : Die Zauberkugel
ISBN 3-927069-48-5 170 S. ⌘ EUR 17.50
**Tahar Ben Jelloun** : Die Mandelbäume
ISBN 3-927069-32-9 180 S. ⌘ EUR 17.50
**Rachid Boudjedra** : Die 1001 Jahre der Sehnsucht
ISBN 3-927069-50-7 292 S. ⌘ EUR 19.50
**Rachid Boudjedra** : Fluchten
ISBN 3-927069-55-8 170 S. ⌘ EUR 19.50
**Rachid Boudjedra** : Topographie
ISBN 3-927069-22-1 250 S. ⌘ EUR 15.50
**Mohammed Dib** : Habel
ISBN 3-927069-13-2 190 S. ⌘ EUR 15.50
**Tahar Djaout** : Die Suche nach den Gebeinen
ISBN 3-927069-30-2 162 S. ⌘ EUR 15.50
**Malek Haddad** : Und ewig schweigt der Quai aux fleu s
ISBN 3-927069-09-4 150 S. ⌘ EUR 15.50
**Mohammed Khair-Eddine** : Es war einmal ein glückliches Paar
ISBN 3-927069-72-8 192 S. ⌘ EUR 19.00
**Mohammed Khair-Eddine** : Agadir
ISBN 3-927069-16-7 170 S. ⌘ EUR 15.50
**Donata Kinzelbach (Hrsg.)** : Tatort : Algerien
ISBN 3-927069-47-7 180 S. ⌘ EUR 17.50
**Mourad Kusserow :** Flaneur zwischen Orient und Okzident
ISBN 3-927069-59-0 200 S. ⌘ EUR 16.50
**Mourad Kusserow :** Ärmer als eine Moschee-Maus
ISBN 3-927069-75-2 132 S. ⌘ EUR 17.00
**Mohamed Magani** : Die Ästhetik des Metzgers
ISBN 3-929069-45-0 232 S. ⌘ EUR 19.50
**Mouloud Mammeri** : Die Überfahrt
ISBN 3-929069-37-x 192 S. ⌘ EUR 19.50
**Mouloud Mammeri** : Treibsand
ISBN 3-929069-46-9 140 S. ⌘ EUR 17.50
**Albert Memmi** : Das kleine Glück
ISBN 3-927069-43-4 220 S. ⌘ EUR 17.50
**Rachid Mimouni** : Die Stammesehre
ISBN 3-927069-33-7 184 S. ⌘ EUR 19.50
**Fadéla Sebti** : Ich, Mireille
ISBN 3-927069-41-8 135 S. ⌘ EUR 17.50
**Abdelhak Serhane** : Royal Flush der Verstossenen
ISBN 3-927069-51-5 198 S. ⌘ EUR 19.50
**Abdelhak Serhane** : Die schwarzen Jahre
ISBN 3-927069-67-1 192 S. ⌘ EUR 18.00
**Farouk Wadi** : Häuser des Herzens
ISBN 3-927069-74-4 152 S. ⌘ EUR 18.00
**Kateb Yacine** : Sternenvieleck
ISBN 3-927069-23-x 200 S. ⌘ EUR 17.50
**und andere…**

Katalog gerne auf Anfrage!

**VERLAG DONATA KINZELBACH**

Stolze-Schrey-Str. 3 ★ 55124 Mainz
Telefon: 06131-45662 ★ Fax: 06131-41088
http://kinzelbach-verlag.de